Faut-il pendre les architectes ?

Philippe Trétiack

Faut-il pendre les architectes ?

Postface inédite de l'auteur

Éditions du Seuil

ISBN 978-2-7578-4440-3
(ISBN 978-2-02-037212-1, 1re publication)

Faut-il pendre les architectes ? Mais bien sûr !

Pour absurde qu'elle soit, cette question semble ne susciter, de la part d'une majorité de Français, qu'une réponse spontanée et sans nuances. C'est dire que, loin de les choquer, elle leur est naturelle. La poserait-on au sujet des médecins, des avocats, des assureurs ? Jamais. Seuls les architectes ont droit à cette faveur. Au médecin fautif, on promet la radiation ; à l'architecte… la corde. Une telle haine, un tel désir de justice expéditive ne doivent pas être traités à la légère. Ce sont des symptômes. Les Français sont fâchés avec leur architecture, du moins avec ce qu'ils en perçoivent, ou ce qu'ils prennent pour telle ; ce qui est parfois tout autre chose.

PREMIÈRE PARTIE

Conflits et confusions

Si l'on proposait aux Français de prendre la pioche pour abattre quelques-unes des architectures qu'ils exècrent, on peut être sûr qu'ils retrousseraient leurs manches. On peut même s'entendre, sans trop de difficultés, sur une liste minimale de cibles privilégiées sur lesquelles ils laisseraient exploser leur fureur. Ceux qui ont vu disparaître quelques pans de leur mémoire pour cause de rénovations ou de spéculations, ou même de bombardements (du vieux Belleville au Petit Panier de Marseille, en passant par le port de Toulon), n'ont de cesse de vouloir se venger.

Alors, en tête, et sans surprise, on trouverait la Bibliothèque de France. Cela va de soi et presque trop, mais l'erreur de programmation de ce mastodonte est telle qu'elle confine à la faute. Il faudra bien la payer un jour. L'architecte semble tout désigné pour solder les comptes ; son compte est bon ! Le flou qui entoure d'ailleurs son appellation, « Bibliothèque François-

Tour du Crédit Lyonnais de Christian de Portzamparc,
dite « la chaussure de ski ». Euralille.

Mitterrand », « Très Grande Bibliothèque », « BN », « BNF »..., en dit long sur l'énigme qu'elle représente. *Exit* donc cet ersatz des années 70. Le quartier Euralille, dessiné dans la métropole nordiste par Rem Koolhaas, ne devrait pas s'en sortir plus honorablement. Le centre commercial de Vasconi, « la tour du Crédit Lyonnais » de Christian de Portzamparc (surnommé « la chaussure de ski », ce bâtiment est d'une telle rigidité comique qu'on en vient à regretter que Portzamparc n'en ait pas édifier la paire) devraient finir en poussière, ainsi que la gigantesque galerie commerciale de Jean Nouvel, le centre des Congrès de Rem Koolhaas et tout leur environnement. Que la Grande Braderie de Lille n'ait jamais réussi à contaminer ce nouveau quartier est bien la preuve que le courant ne passe pas entre l'ancien et le nouveau. A la trappe !

Ici ou là, les tours s'écrouleraient comme châteaux de cartes : la tour Montparnasse bien sûr (ce qui serait une erreur, à mon humble avis, mais la *vox populi* a voix au chapitre), la tour du palais des Congrès de la porte Maillot, même réemballée par Christian de Portzamparc, la tour Europe de Mulhouse de Spoerry, la tour du centre-ville de Chamonix, celle de La Part-Dieu à Lyon, tout le centre-ville au cordeau du Brest d'après-guerre, les tours cette fois du secteur Beaugrenelle sur le Front de Seine, à Paris (détestées en vrac, ce qui est regrettable car la tour Totem d'Andrault et Parat est superbe), toute la place des Fêtes, si bien sur-

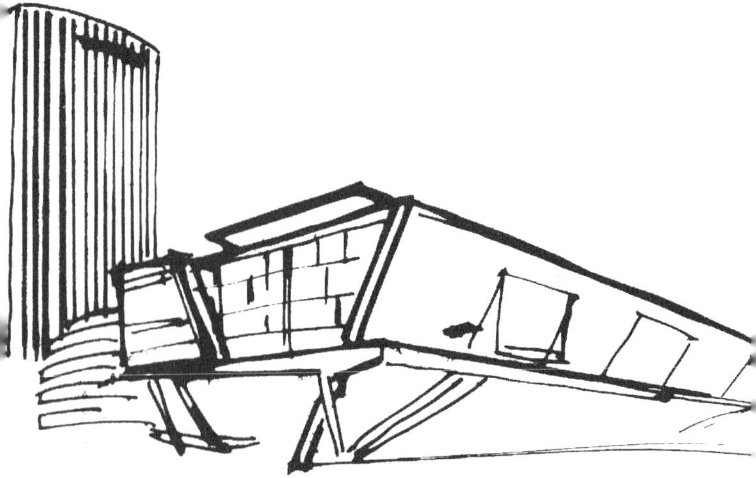

Le palais des Congrès de la porte Maillot à Paris
réemballé par Christian de Portzamparc.

nommée « place Défaite », à Paris, et toutes les architectures sur dalle, de la Défense et d'ailleurs, seraient hachés menu. Le ministère des Finances à Bercy mériterait des assauts de pelleteuses, livré à une fureur populaire redoublée de la haine séculaire que le contribuable étranglé voue à l'inspecteur des impôts. Un dynamitage en règle du quartier Beaubourg, avec racaille et *shopping-center* à tous les étages, ne chagrinerait pas grand monde, tant ce dédale inepte oscille entre le clinquant de supérette et le mausolée préhistorique signé Paul Chemetov. Il en irait de même de l'épouvantable quartier de l'Horloge, que l'on édifia au ras du Centre Georges-Pompidou comme en matière d'expiation, on dirait aujourd'hui de repentance, d'une trop grande audace moderne. Par terre !

Les villes nouvelles seraient exécutées à l'arme lourde : Marne-la-Vallée, Évry, Cergy-Pontoise dont les errements proliférants, qui firent les beaux jours des revues (que l'on songe aux « versailleries » de Ricardo Bofill), subiraient un sort à la Varsovie ou à la Vukovar.

A Paris, l'ensemble érigé par Kenzo Tange place d'Italie ne survivrait pas à un jury d'assises. La faculté de Jussieu serait pulvérisée, une fois les riverains munis de masques à gaz pour se préserver de toute émanation d'amiante. La CAF (Caisse d'allocations familiales) de la rue Viala, édifiée par Raymond Lopez et Marcel Réby entre 1955 et 1959, bâtiment pourtant inscrit à l'Inventaire supplémentaire des monuments historiques (ISMH), serait curetée avec délectation, au grand dam des historiens de la construction qui savent, eux, que cette CAF fut érigée sur le principe du « premier mur rideau à structure aluminium suspendue » ! L'Opéra Bastille terminerait sa carrière dans un final tragique sans le moindre soutien d'un quelconque chœur de pleureuses. Son dernier acte serait définitif. Plus à l'ouest, la Grande Arche dégagerait de toute sa pesanteur l'axe traditionnel de la capitale. Le siège de l'Unesco périrait au nom d'une continuité urbaine qui fait singulièrement défaut à ce secteur de la capitale. Les orgues de Flandre et l'élargissement de la rue du même nom disparaîtraient pour que resurgissent enfin les vieux bistrots d'antan.

A Marseille, le siège de la DDE (Direction départementale de l'équipement) d'Alsop serait zigouillé comme, probablement, le tordant TGI (tribunal de grande instance) de Bordeaux, palais de justice « schtroumpfien » en diable que les foules abominent, à tort... Les palais de justice d'ailleurs rouleraient au panier comme autant de têtes réduites : à Caen (Architecture Studio) pour excès de métal, à Nantes pour noirceur carcérale insupportable, à Grasse... Que d'erreurs judiciaires !

Plus à l'est, cette fois, l'extension du musée d'Art moderne de la place Stanislas, à Nancy, retournerait à ses cartons cubiques ; le musée d'Art contemporain édifié par Adrien Fainsilber, à Strasbourg, comme le palais des Droits de l'homme de Richard Rogers et le Parlement européen libéreraient du foncier. Zou, du balai !

Idem des entrées de villes massacrées, et même des sorties comme celle du pont de Sèvres où s'élève une architecture de pacotille aussi stupéfiante que sont lamentables les ronds-points qui fleurissent à tous nos carrefours. Il faudrait encore en finir avec les zones de chalandises et les mitages pavillonnaires, ceux-ci dévorés à leur tour par d'insatiables extensions de cités HLM ; bouter en touche quelques-unes des mises en lumière qui ont transformé de belles voies urbaines, intimes et mystérieuses, en décors de *soap opera*, comme la rue de la Gaîté, à Paris, massacrée par les lux abusifs des lampadaires hors d'échelle et tout un mobilier urbain proliférant comme des pustules...

On passerait le siècle à tout foutre par terre et plus encore à s'assurer que, sur ces parcelles de territoire enfin lavées de leurs scories, on ne reconstruise pas à la sauvette des galeries commerciales et des parkings si juteux pour les municipalités mais si revêches à l'œil. Peut-être faudrait-il alors prendre les choses à l'envers et, plutôt que de raser la Bibliothèque de France, demander à d'excellents architectes – notre pays en compte quelques-uns – d'ériger, dans le vide planétaire qui se faufile entre les quatre tours, d'autres bâtiments, combler la béance, réaliser en somme l'inverse de ce que l'on fit en vidant autrefois la Cour carrée du Louvre des bâtiments qui l'occupaient.

L'histoire marche parfois à reculons. Pour détruire, construire, dit-elle.

Évidemment, et tandis que la foule plébisciterait

Port-Grimaud et le Futuroscope, négligeant d'abattre toutes les opérations de façadisme qui transforment nos villes entières en décors déshumanisés, il faudrait lutter pour défendre ici ou là quelques chefs-d'œuvre que l'inculture crasse voudrait anéantir. L'église Sainte-Bernadette de Nevers, bunker accusateur signé Parent et Virilio, Orly-Sud, la Grande Motte de Jean Balladur, pourtant tellement branchée *Wallpaper*, la tour Albert du XIIIe arrondissement à Paris, les cités radieuses de Le Corbusier malmenées par des désaffections récurrentes et une méfiance légendaire pour l'œuvre du Fada. Sur ce point, la liste des édifices à protéger de la fureur serait interminable, elle ne servirait d'ailleurs à rien. Lâchées, les foules se déchaîneraient, et l'on peut affirmer qu'elles trouveraient là l'occasion d'un orgasme national. Pourquoi tant de haine ?

Le malaise

Le citoyen lambda, qui voit sa ville se modifier sans cesse, qui constate l'anéantissement de quartiers anciens vite remplacés par d'autres flambant neufs mais désolants de froideur, qui voit encore s'ériger des monstres sans grâce comme l'Opéra Bastille ou le ministère des Finances, est pris souvent d'une rage impuissante. Qui sont ces décideurs qui, pulvérisant immeubles et rues, assassinent notre mémoire ? Qui sont ces esthètes au goût si discutable ? Et, pêle-mêle, la vindicte accable les promoteurs, forcément véreux, les architectes, toujours complices, et tout un personnel politique à la corruption plus que probable.

En vérité, le néophyte en révolte n'a qu'une très faible idée des luttes au couteau livrées dans les coulisses de l'architecture. Conflits de clans, pressions partisanes, combines, financements occultes, guerres larvées entre ingénieurs et architectes, paiements aléatoires, et encore options artistiques ringardes ou clinquantes, programmes inadaptés, scandales étouffés, voilà ce qui bétonne le quotidien d'un secteur où l'ordinaire est de brasser des sommes d'argent considérables. Pour un scandale qui éclate, comme celui des abattoirs de la Villette (1969-1974, année de leur fermeture), combien de plus discrets qui s'évaporent avec le temps ? Qu'on se le dise, dans le monde du béton roi, le mot d'ordre est simple : « Silence, on coule »... Et, comme en se durcissant le béton agglomère et digère tout, **pendant les scandales, les travaux continuent**.

Telle est la règle assurément ; mais, depuis quelques années, le mur qui protège le monde de la construction se fissure. L'architecture et le BTP (bâtiment et travaux publics), secteur dans lequel les entreprises françaises caracolent en tête, ne sont plus à l'abri des « affaires ». De la prise de TF1 par Bouygues, géant de la construction, au scandale d'Urba-Gracco, en passant par le financement des caisses noires des partis politiques, l'« affaire Méry » et sa fameuse cassette, ainsi que le fiasco programmé de la Bibliothèque de France au coût de fonctionnement faramineux, tout le paysage de l'architecture et du bâtiment semble pris de hoquets. Concours suspects dénoncés, promoteurs mis en examen, maires, conseillers généraux et députés inquiétés, recours en justice, tribunaux, scandale des répartitions « en famille » d'appartements bien situés et gérés par les municipalités (voir les ennuis d'Alain Juppé forcé de quitter son pied-à-terre de la rue Jacob, à Paris), politique des HLM, violences des « cités »..., à chaque jour sa nouvelle affaire et il semble d'un coup permis de démolir.

Alors apparaissent comme plus insupportables encore des réalisations pompeuses, comme le quartier d'Euralille, à Lille, pourtant conçu sous l'autorité d'un groupe d'experts consultatifs composé d'élus, d'architectes et de critiques ; le projet pharaonique du viaduc de Millau, dans les Cévennes ; les multiples entrées de villes massacrées, comme à Rennes, Montélimar, Roubaix, Avignon, Bayonne... ; la multiplication hystérique des ronds-points ; l'épidémie des rues piétonnes débordantes de parterres de fleurs et de bittes de béton anti-voitures ; la médiocrité à peine croyable des bâtiments de la Gendarmerie nationale poussant comme des verrues à l'entrée des communes françaises...

Oui, l'architecture exaspère et d'autant plus qu'elle se donne comme le lieu et le décor de prévarications diverses et d'un irrespect foncier. L'ordre urbain fait désordre. **L'architecture n'a pas le « look citoyen ».**

Comment expliquer ces ratages innombrables ? Qui sont les responsables ? Les architectes, les politiques, le fait du prince, la décentralisation, la promotion, les grandes écoles, les critiques, l'inculture générale ? **L'architecture française est-elle archi-nulle ?** Que peut-on y sauver ?

Faut-il pendre les architectes ? se propose de répondre à ces questions ainsi qu'à quelques autres. Ce livre vise à révéler la chaîne pernicieuse des décisions qui font que, dans un même temps et pour des raisons parfois opposées, on peut aboutir à l'érection d'une Bibliothèque de France inutile, à l'anéantissement par « muséification » massive de toute la patine de nos villes anciennes, à la destruction de lieux de mémoire comme la rue Watt dans le XIIIe arrondissement de Paris (pourtant située dans une circonscription administrée, à l'époque, par un ministre de la Culture, Jacques Toubon), à la vitrification de Levallois-Perret, commune limitrophe de Paris broyée par le rouleau compresseur de ce qu'on nomma la « balkanysation » en référence à son maire et bâtisseur Patrick Balkany ; enfin à la reconstruction de ce même Levallois-Perret dans un style affligeant qui, façadisme oblige, remplace par du faux bourgeois – d'une platitude au moins égale à celle des discours politiques qui l'ont promu – un quartier vivant, multiforme et chargé d'histoire. A titre d'exemple lapidaire, on rappellera que, sur les ruines de l'ancien Levallois, s'érige aujourd'hui la raide et ridicule place Georges-Pompidou, rebaptisée par les riverains « place Ceausescu ».

L'architecture ou le règne de la curée

Comme tous les corps malades, celui des architectes a tendance à rechercher l'apaisante pénombre des volets clos. Ne rien dire, ne pas bouger. Silence : hôpital.

A celui qui prétend écrire sur la situation d'une profession manifestement en crise, on oppose d'abord une solidarité de corps et même de clan. « Le mal est assez grave, surtout n'en rajoute pas », « Quoi que tu penses, ne l'ébruite pas ». Écrire, c'est frapper dans le dos ; parler, c'est nuire ; débattre, c'est pire : c'est donner l'image d'une profession désunie ; or, quand on est assiégé, il faut faire front, et tant pis si c'est front bas.

Les 27 000 architectes inscrits au tableau de l'Ordre[1] et ceux qui s'y refusent ont peur. Il y a de quoi. Dans leur domaine, l'invective est souvent de mise, l'accusation banale. Que n'a-t-on dit au siècle dernier sur la tour Eiffel, aujourd'hui monument national par excellence, et plus récemment sur « la raffinerie » Beaubourg, finalement restaurée de fond en comble, tant son succès public l'avait usée prématurément. Que n'a-t-on

1. Comme les médecins et les avocats, les architectes relèvent d'un ordre professionnel mis en place par Paul Vaillant-Couturier sous le Front populaire et validé par le gouvernement du maréchal Pétain.

déversé encore sur la Pyramide du Louvre de M. Pei, à présent plébiscitée, encensée, fêtée ?

L'architecte est un bouc émissaire facile. Au chapitre des idées reçues, il est entendu depuis Flaubert que : « Tous imbéciles. Oublient toujours l'escalier des maisons[2] ». Qu'un tremblement de terre vienne à secouer un paysage et l'on accusera, comme en Turquie, en 1999, les promoteurs affairistes et leurs complices, les architectes mercenaires, oubliant presque la tectonique des plaques. C'est un fait, s'il est une manière populaire et partagée de critiquer l'architecture, c'est bien la curée.

Assourdissante ou feutrée, elle s'exprime à divers titres, souvent contradictoires. Si l'on peut s'indigner de l'érection du palais des Congrès, porte Maillot à Paris, et faire la moue devant sa rénovation par Christian de Portzamparc ; haïr la tour Maine-Montparnasse à Paris et la place du Nombre-d'Or de Ricardo Bofill à Montpellier ; s'exaspérer des rénovations assassines de Jean-Jacques Ory, qui a si bien su détruire, près de la Madeleine, à Paris, la grâce de l'immeuble années 30 de Paul-Louis Faure-Dujarric, « les Trois Quartiers » ; gronder encore contre les dragons réalisés à Niort par Jacques Hondelatte au fil de la rue piétonne ; frôler la crise d'urticaire à la vue du tribunal pénal de Bordeaux signé par Sir Richard Rogers : tout cela à quel titre et, mieux encore, au nom de quelles valeurs ?

2. Gustave Flaubert, *Dictionnaire des idées reçues*.

Que défend-on en agonissant d'injures les auteurs de tel ou tel bâtiment? Est-ce le vieux quartier de son enfance, l'usage contestable de ses impôts, une passion rétrograde, des positions « écolos » ou bien, *a contrario*, un manque d'audace, un jeu petit bras? Chaque fois, **entrer en résistance est-ce militer « pour » ou militer « contre » ?** Dans la troupe des dénonciateurs d'une architecture jugée lamentable, les nostalgiques des vieux quartiers se trouvent ainsi mêlés aux tenants de la cyberarchitecture comme aux pétroleurs des comités de quartiers plus ou moins sincères; toute cette smala de mécontents tape du pied, claque des cymbales, en appelle à la presse. Le chorus qui s'en dégage est une spécialité française.

Aussi convient-il, pour commencer, de faire le tri dans ces condamnations, de comprendre que l'architecture attise les envolées lyriques et substitue souvent le passionnel au raisonnement. Cet amalgame de rancœurs est une source de confusion pour qui veut juger de l'architecture. C'est la toute première.

L'architecture, rubrique « scandales »

Objet touchant à l'esthétique, l'architecture est sujette aux engouements comme aux détestations les plus subjectives. Certes, tout un chacun est libre d'exprimer son avis sur ce qui constitue son cadre de vie, mais on peut estimer que, là comme ailleurs, un peu de culture ne gâte pas le jugement.

Depuis quelques années, effet « grands travaux » de l'ère Mitterrand oblige (Opéra Bastille, Géode du parc de la Villette, Grande Arche de la Défense, Pyramide du Louvre...), l'architecture bénéficie d'un intérêt croissant de la part des médias. Preuve s'il en est, le public s'est mis à connaître et parfois même à reconnaître quelques architectes. Ricardo Bofill hier, Jean Nouvel et Dominique Perrault aujourd'hui, voilà le tiercé des stars auquel on ajoute parfois Christian de Portzamparc. C'est tout.

Triste constat quand on sait qu'outre-Manche, dans les WH Smith, l'équivalent anglais de nos *Relay*, kiosques à journaux des gares et des aéroports, on trouve en vente des carnets et des cahiers dont la couverture s'orne, signe d'une notoriété impensable en France, d'une photographie de l'architecte Sir Norman Foster. Ce même Foster a par ailleurs été embauché pour faire la promotion d'une montre haut de gamme, au même titre que le top model Cindy Crawford.

Chez nous, le public s'est, au mieux, habitué à voir fleurir quelques rubriques « architecture » dans les magazines un peu branchés, de *Nova* à *Jalouse*, en passant par *Technikart*. L'architecture mêlée au design y est traitée dans un style « tendance », mi-déco, mi-starification « people ». C'est un moindre mal quand on voit comment la presse spécialisée flageole sur ses revues sans lecteurs, anéantie par le manque de pub, nerf de la guerre. Ainsi, et tandis que l'architecture et le design phagocytent lentement tous les magazines de la grande presse, que *Wallpaper*, propulsé par sa base-line remarquable et attrape-tout « *The stuff that surrounds you* » (« Tout le bordel qui vous entoure »), devient la publication branchée de notre fin de siècle et des balbutiements du suivant, tandis que quelques architectes plus débrouillards que d'autres réussissent l'exploit d'être interviewés dans *Paris Match* et *L'Express*, les revues d'architecture s'engoncent dans leurs querelles d'école. Grevées par des prix de vente prohibitifs, lourdingues avec leur dos carré, elles sont à l'image de l'architecture telle qu'on la conçoit en France : lourde, lente, pesante, professionnelle, fermée au public. Un seul titre tente de faire son trou, c'est *D'Architectures*, « news magazine » souple, pliable, glissable dans une poche[3]. Voilà le décor.

Pour le reste, journaux et télévisions continuent d'user de l'architecture comme d'une mine à pataquès. Quelques bâtiments – Opéra Bastille, Bibliothèque nationale de France et la ZAC qui l'environne, une passerelle par-ci, une DDE (Direction départementale de l'équipement) par-là – ont droit à leurs volées de bois vert et basta ! Hormis les deux septennats de François Mitterrand qui auront marqué comme une trêve, période de quatorze années durant laquelle l'architec-

3. Subventionné pour partie et durant dix ans par l'Ordre des architectes, le magazine *D'A*, comme on l'appelle, est toujours en équilibre précaire. A plusieurs reprises, les instances ordinales se sont montrées incapables de saisir quel superbe outil de promotion de l'architecture elles tenaient là. On ne saurait trop dire que l'Ordre a raté, ces fois-là, une bonne occasion de démontrer son utilité.

ture aura quitté les pages de la rubrique « scandales » pour s'installer dans celles de la « culture », le fond de polémique demeure. Et il aura suffi d'une grève déclenchée à la Bibliothèque de France pour que cette discipline, *via* la une de *Libération*, retrouve illico sa place naturelle, celle des grandes catastrophes, des ratages et autres échecs programmés. En somme, du fiasco des abattoirs de la Villette à celui de la Bibliothèque de France, en passant par le massacre des Halles de Paris, c'est toujours la même et rude logique qui est à l'œuvre : **l'architecture est une erreur monumentale**.

La charge journalistique s'en trouve répétitive et clonée. Elle compile les jérémiades contre le coût pharaonique d'érections discutables plus que les réflexions sur le sens de telle ou telle architecture, saisie comme l'expression de son époque. Seuls les engouements populaires pour les mastodontes du type Grand Stade génèrent leurs théories de reportages enthousiastes tout aussi stéréotypés ; mais s'agit-il encore d'architecture ou d'effet Zidane ? En revanche, des bâtiments qui mériteraient l'opprobre, comme l'affligeant siège de TF1 par exemple, ne suscitent aucun rejet, hormis celui des esthètes de l'art. Cette dernière remarque en appelle donc une autre : avant de s'appesantir sur ce qui pèche dans notre architecture – et il y a de quoi faire –, encore faut-il en définir le champ, le champ de tir pour ainsi dire. C'est la deuxième difficulté.

Le moche n'est pas le pire

Ignorant la grosse cavalerie des architectures médiocres, celles qui se glissent dans le tissu urbain sans faire de vagues mais qui le ramollissent et quelquefois le noient, le public focalise sa haine sur une poignée de projets emblématiques. Certains architectes sont alors repérés et dénoncés, parfois avec raison, souvent avec outrance, comme Dominique Perrault à la Bibliothèque de France. D'autres passent en toute discrétion l'examen populaire. Les bâtiments aveuglants captent l'opinion. La tour Maine-Montparnasse, la tour du Crédit Lyonnais, dite « le crayon », de Lyon-La Part-Dieu sont les arbres qui cachent la forêt. Ils servent à occulter des destructions plus discrètes et souvent plus pernicieuses, vécues comme des mutilations par les riverains les plus proches.

Des quantités de bâtiments exceptionnels sont ainsi « relookés » moderne sans que nul n'y trouve matière à contestation. Certes, la surélévation par Brigit de Kosmi du Théâtre des Champs-Élysées édifié par les frères Perret a fait l'objet d'un recours en justice. On y avait noté comme une atteinte à l'œuvre originale. Jusqu'à nouvel ordre, nuls travaux ne sont venus redonner au théâtre son aspect antérieur. En revanche, nul ne s'est offusqué de la façon dont l'architecte Jean-Jacques Ory, déjà cité, a dénaturé (le mot est faible) et reconverti en un bâtiment « tout alu » la Maison de la

Chimie, boulevard de Grenelle à Paris, devenue le siège de la société Nouvelles Frontières. Massacres à la bétonneuse ? Oui, mais en silence, car ceux-ci ne choquent que les spécialistes, autrement dit les initiés qui voient plus loin que ce qu'on leur montre.

Quel quidam s'offusquerait du petit ensemble édifié par l'inépuisable cabinet Jean-Jacques Ory, dans l'île Saint-Germain, face à l'agence de Philippe Starck ? Pourtant, quelle médiocrité ! Il y a un quart de siècle, la fausse colonnade édifiée rue de Vaugirard, face au Sénat, avait suscité l'ire des architectes modernes. Il est vrai que, aujourd'hui encore, tout piéton peut constater combien le tracé de cette architecture de pastiche et de pacotille est absurde. Elle ne mène à rien, on s'y sent mal, et seuls les chiens en quête de pissotière doivent y trouver leur compte. Aujourd'hui, son registre « vieille France » l'absout pourtant de tout soupçon d'amnésique modernité. On ne la voit pas, c'est déjà ça, et cela contente tous ceux pour qui l'architecture moderne se doit d'abord de disparaître. On s'étonne tout de même de la voir encensée par ceux-là mêmes qui vilipendent Disneyland. Le faux s'y cultive de la même manière, et quelquefois dans le même esprit « festif ». Qu'on songe au succès considérable de Port-Grimaud, la station balnéaire lacustre édifiée en 1965 par François Spoerry. Un succès tel qu'il s'exporta au Japon et aux États-Unis. Est-ce cela, l'architecture populaire ?

L'architecture, qu'est-ce que c'est ?

Qu'est-ce donc alors que l'architecture pour le grand public ?

D'abord, des nuisances. La chasse d'eau du voisin, l'obligation de ravaler sa façade, les cités-ghettos. Ensuite, du bricolage : la véranda, l'appentis, la mezzanine. Et puis, quelques monuments : Versailles, Montmartre, le Taj Mahal. Enfin, une litanie de complaintes. Une suite épique et sans cesse réactivée, à l'image d'un grand récit mythique, de travaux entrepris et jamais achevés, d'architectes farfelus, de devis révisés à la hausse et jamais à la baisse, de corps de métier insupportables d'amateurisme, de plombiers absents, de maçons brutaux, de peintres nullissimes, de procès, de nuits blanches… Entre l'intervention de l'architecte et celle des entreprises, entre l'aide à la conception et le suivi de chantier, la confusion s'installe, preuve s'il en est du caractère énigmatique du métier d'architecte. Qu'importe ! Seul perdure le sentiment catastrophique (et souvent bien réel) d'une épreuve. Plonger dans l'architecture, c'est pour le néophyte le premier pas fatal, le début des ennuis ; la promesse, surtout, de **voir sa vie transformée en chantier** ! C'est tout dire.

Cette impression désastreuse s'explique en partie par la nature même du travail de l'architecte. Face à son client, il occupe une position qui n'est pas sans rappeler celle du psychanalyste. Ses fonctions lui imposent de pénétrer l'intimité d'un être ou d'une famille, de se substituer à ses commanditaires dans la définition et la matérialisation de leur espace vital. Par lui, le rêve deviendra réalité. Que l'investissement affectif aboutisse à quelque déception, c'est la moindre des choses. A tout coup, et **comme tout analyste, l'architecte fait l'objet d'un transfert-contre-transfert.** D'abord adulé, investi de tous les pouvoirs, il est peu à peu, au fur et à mesure que les murs s'érigent et les sanitaires se branchent, désinvesti de sa puissance. Pour finir, nombre de clients s'imaginent (rarement avec raison) qu'ils auraient pu mener leurs travaux seuls. L'architecte n'est plus seulement un surcoût, c'est un intrus. Bref, on finit par haïr ce qu'on encensait la veille[4]. De même qu'il faut savoir terminer une grève, il faut aussi savoir faire le deuil de son architecte ; en somme, l'assassiner. Faut-il pendre les architectes ? Le sien, toujours.

Ce vif désir de pendaison, voici qu'il s'éclaire[5]. Hier homme lige des souverains, aujourd'hui factotum des grandes fortunes, l'architecte est un homme de pouvoir. La corde est sa guillotine. Combien de récits d'ar-

4. Je me suis moi-même trouvé dans cette situation du temps où j'exerçais encore ce métier mirifique. Un couple s'opposait sur l'emplacement de l'interrupteur qui allumerait leur lampe de chevet. Ce débat me paraissait vain, car il suffisait d'installer deux lampes et deux interrupteurs. Ils l'ont très mal pris.

5. Il existe évidemment d'autres manières d'en finir avec les architectes. Dans une interview accordée au magazine *Elle*, l'écrivain Daniel Pennac concluait par ces propos tranchants : « Il faudrait guillotiner un architecte sur deux. »

chitecte, aveuglé, emmuré, mis à mort dans le palais qu'il vient d'édifier (Taj Mahal à Agra ou cathédrale Basile-le-Bienheureux à Moscou). L'architecte est toujours puni d'avoir trop bien fait – il faut alors lui interdire de se surpasser pour un autre client – ou d'avoir échoué. Dans l'un et l'autre cas, il portera la culpabilité d'avoir volé à son client le privilège de la signature. Résultat, c'est signé Furax à tous les coups.

Triste constat, qui met en lumière la double personnalité de l'architecte. A la première, image d'un professionnel de proximité, tout à la fois bourreau du porte-monnaie et souffre-douleur de ses clients, il faut en ajouter une autre, d'Épinal sans doute, celle de l'architecte à « nœud pap ». Élitiste, familier des soirées mondaines, membre d'une jet-set internationale et affairiste, cet homme est l'héritier du style Fernand Pouillon, l'architecte des logements du port de Marseille. L'auteur du très beau roman *Les Pierres sauvages*[6], récit de la construction de l'abbaye cistercienne du Thoronet, apparaît dans le cahier photos de son autobiographie, *Mémoires d'un architecte*[7], en veste blanche, riant sur une terrasse fleurant bon la Méditerranée en compagnie d'un fumeur de cigare en smoking. Pourchassé par le fisc, Fernand Pouillon dut finalement s'enfuir à l'étranger, avant de connaître la prison. Pour sûr, voilà qui s'appelait un architecte ! Aujourd'hui, ses confrères

6. Éd. du Seuil, 1964.
7. Éd. du Seuil, 1968.

sont à la croisée des genres. Baba-cool sympa façon bohème et repris de justice en col blanc, l'architecte contemporain fait le grand écart. Dans nombre de films et de romans récents, l'architecte est un personnage idéal. Tout à la fois homme précis, proche des réalités et matheux visionnaire, c'est l'idéaliste concentré, l'artiste. C'est encore le bureau d'études plus l'esprit Beaux-Arts, toujours le grand écart. Dans ces fictions, l'architecte est d'ailleurs et souvent un brave type, un père de famille au cœur sur la main.

Pourtant, dans la réalité, c'est un type plutôt haï, **car si on le dit puissant, on le devine faible**, homme au service toujours d'un plus puissant que lui... Voilà qui attise l'esprit de revanche, incite à la vengeance. Quand on frappe un architecte, c'est le pouvoir qu'on vise en son valet.

Ces architectes, qui sont-ils ?

Rassurez-vous, une minorité. Répartis pour près de 40 % en Ile-de-France[8], ils vivent de peu. Ils survivent ; non pas chômeurs (8 % seulement sont salariés et donc potentiellement assistés par l'État), mais pauvres, ah ça oui ! A 70 %, ils exercent leur métier en « libéral », statut infernal qui les voue souvent à la précarité permanente.

8. Les architectes se répartissent ainsi : 37 % en Ile-de-France ; 10 % en Provence-Alpes-Côte d'Azur ; 4,8 % en Midi-Pyrénées ; 4,4 % dans le Languedoc-Roussillon ; 4,4 % en Aquitaine.

Sur les 15 500 agences recensées en France, seules 150 structures déclarent plus de 10 salariés ; les autres n'en comptent que 1 ou 2, mari et femme le plus souvent.

En vérité, il en va de cette profession comme de celle des mannequins : **dix superstars ou « starchitectes »** et la piétaille de la figuration. Les premiers équivalent aux top models dont les magazines plébiscitent les silhouettes, autre forme d'architecture plastique[9]. Ces vedettes, ce sont Sir Norman Foster, Sir Richard Rogers, Frank Gehry, Rem Koolhaas, Toyo Ito, Massimiliano Fuksas ; en France, Jean Nouvel, Dominique Perrault... A ces célébrités s'ajoutent encore quelques grands architectes d'intérieur qui ont su décrocher le jackpot des fortunes du « Golfe ». Somptuaires aménagements d'appartements, proliférations de matériaux luxueux, robinets en or et piscines marbrées sous les lambris..., c'est l'ordinaire de cette caste assez secrète. Les autres, tous les autres, les architectes anonymes, raclent les fonds de tiroir et pestent contre le « star system ». Les architectes de province pestent contre le parisianisme, les architectes parisiens pestent contre eux-mêmes.

Osons le dire, en professionnels de l'ombre, en artistes sans commandes, les architectes sont pour la

9. Les architectes et les mannequins partagent une autre réalité : le froid. Entre les séances de pose en bikini sur le pont Alexandre-III en plein mois de janvier et les longues séances serré dans un « algéco » planté en plein blizzard, ou terré sur un chantier de béton sibérien, perce la même dureté d'un labeur d'abord physique. L'architecte n'est pas une petite nature.

plupart de grands frustrés. Dans cet univers où les déceptions sont à l'échelle des rêves, où l'on se voit déjà édifiant logements, musées, hôpitaux, monuments, villes, on mesure ce que l'inactivité peut signifier.

Dans le registre du « star system », un site Internet américain consacré à l'architecture donnait récemment quelques conseils pour faire carrière à coup sûr dans un monde à l'âpreté reconnue.
Les voici :

Comment devenir un architecte célèbre ?

– Acheter un magazine d'architecture.
– Y copier quelques édifices repérés au fil des pages.
– Faire de même avec un magazine de design afin d'étoffer son « book ».
– Se choisir un nom de société. Éviter les mots comme « urbain », « studio », « agence ». Choisir plutôt quelque chose de *punchy*, artiste… et même un peu stupide. Cela rassurera vos futurs clients.
– Peaufiner son adresse. S'arranger pour qu'elle évoque immédiatement un des derniers quartiers « à la mode » de la ville. Personne ne soupçonnera qu'il s'agit d'une soupente ou de votre chambre à coucher.
– Développer un argumentaire en béton. Mêler aux grands mythes de l'architecture (l'utopie, la fondation des villes, l'utilité sociale) une phraséologie révolutionnaire et pimenter le tout de citations de philosophes français décapants tels que Virilio et Baudrillard.
– Enfin, arroser la presse.
– Ne jamais oublier que les journalistes d'architecture sont à la recherche de tout ce qui peut sortir un tant soit peu de l'ordinaire, de leur ordinaire, car celui-ci n'est qu'ennui et répétition.

Féerie du « total black look »

On comprendra que les nantis, ceux qui s'en sortent, miraculés d'une profession à l'exigence infinie, veuillent le faire savoir. Membres d'un corps d'élite, ils en adoptent le look. Hier, ils portaient la lavallière ou le nœud papillon ; ils appartenaient à cette catégorie de travailleurs chics appelés à se courber sur leur table à dessin comme ces autres adeptes du nœud court, les chirurgiens, obligés d'intervenir penchés en salle d'op'. Aujourd'hui, s'ils ont renié la cravate, ils en cultivent toujours la sombre dignité. C'est un fait, les architectes aiment s'habiller de noir. Ils ont même un couturier de prédilection : Yoji Yamamoto. Autrefois, c'était Hollington avec ses gilets multipoches tant appréciés par le sculpteur César, mais cet esprit très « Compagnon du Tour de France » a fait long feu, comme a disparu, aussi, la veste de charpentier chez les philosophes soixante-huitards (François Châtelet, par exemple). Ce n'est pas un hasard si Wim Wenders a consacré au créateur japonais un film vidéo intitulé *Carnets de notes sur vêtements et villes* (1989). Wim Wenders aussi s'habille de noir, et l'architecture lui est familière. Dans son film d'anticipation *Jusqu'au bout du monde*, il a mis en scène, en visionnaire, « la Tour sans fin » que Jean Nouvel souhaitait édifier à la Défense.

Nombreux à la Biennale de Venise (juin-octobre 2000), les architectes y faisaient taches au milieu des touristes en technicolor. Groupés sur le quai des Giardini, ils s'apparentaient à des corbeaux ou des gondoles. Le style conjuré leur sied à merveille et on les aurait crus dissimulant sous leur costume d'encre de quoi vider quelque querelle.

S'ils s'habillent ainsi, c'est que le noir est une couleur double. **Le noir leur confère une dignité d'ecclésiastique, mâtinée de rébellion anarchiste**. Les architectes sont ainsi parfaitement puritains et toujours bohèmes ; moralistes, carrés, artistes. Nouvel, Fuksas, Koolhaas, Ando, Gazeau, Decq, Cornette, Mimram, Leclerc, Perrault, Sarfati, Parent..., quels que soient leur génération ou leur sexe, ils sont tous en noir. Le noir a d'ailleurs pénétré jusqu'à la façon dont les architectes expriment leurs pensées. On peut en fixer la mise sur orbite à l'année 1983, date à laquelle l'architecte anglo-irakienne Zaha Hadid rendit sa copie et remporta le concours du Peak de Hong Kong. Sa furieuse architecture déconstruite zébrée et dessinée sur fond noir devait lancer une mode. Elle a depuis muté en tendance globale. On ne compte plus les « rendus » de nuit, avec ciel anthracite et mise en lumière dramatique. Jean Nouvel a utilisé ce même procédé de simulations de vues nocturnes pour remporter le concours du musée des Arts premiers (prévu à Paris, quai Branly). L'effet à mi-chemin du *night clubbing* et des catacombes en dit long sur une profession qui semble engagée dans un processus funèbre de dissimulation. Malmenés, les architectes portent tout à la fois le deuil de leurs innombrables projets avortés, de leur puissance en déclin, et leur sulfureuse notoriété « branchouille ». Après l'arrosage *spot lights* d'une époque où les Le Corbusier, Aillaud, Zehrfuss, Pingusson, Arretche, tous mandarins, tenaient le haut du pavé, dominaient les académies et se pressaient en frac aux inaugurations mondaines, la profession a choisi les théâtres d'ombre ; les rôles qu'elle y joue ne sont, au mieux, qu'occultes.

De quoi attiser, on s'en doute, un peu plus la méfiance et les soupçons de leurs victimes – ce que nous sommes tous.

L'empoignade des tendances

On se gausse des querelles littéraires, des alliances tactiques entre maisons d'édition, des anathèmes, des félonies du monde des lettres. Mais toutes ces pratiques mixant rouerie subtile et cynisme abject baignent également l'architecture. **Déjà perçus par le public comme une nuisance, les architectes sont loin de s'apprécier les uns les autres.** Tels des voisins forcés de cohabiter dans un même immeuble, patrimoine bâti menaçant ruine, ils ne cessent de se combattre et se déchirent en tendances, sous-tendances, coteries et chapelles. Non relayées par la presse qui les ignore ou les tait, leurs querelles sont autant de conflits feutrés, d'accumulations de propos d'arrière-salles. Rares sont les débats au grand jour, sauf quand Jean Nouvel, solitaire tête brûlée, monte courageusement au créneau (comme il le fit lors de la bataille du Grand Stade, où il attaqua l'État en justice pour non-respect des règlements du concours).

Pour le reste, les tendances architecturales sont aussi multiples que le sont, dans le registre de la musique techno, les sous-divisions qui ne cessent d'y surgir (house, dub, garage, etc.), et si, par malheur, votre fille ou votre fils s'amourache d'un(e) architecte, sachez que vous aurez toutes les chances de voir surgir dans votre salon un individu vêtu de noir des pieds à la tête, réactionnaire, néo-baba, postmoderne, déconstruit, laborieux, rompu aux chantiers ou coqueluche des galeries d'art, architecte à lunettes ou à lavallière et professant mille théories disparates... Que les choses soient bien claires : la panoplie intellectuelle de l'architecte est aussi bariolée qu'un défilé de carnaval.

L'humanité compte un certain nombre de miraculés de l'architecture. Diplômés, ou tout juste, ils ont su bifurquer à temps pour s'en aller quérir d'autres fortunes. Serge Gainsbourg était architecte, comme le furent Michelangelo Antonioni, Franco Zeffirelli, comme le sont les ex-musiciens des Pink Floyd, le cinéaste Amos Gitaï, le couturier Paco Rabanne, le danseur et comédien Christophe Salengro, le musicien Ianis Xenakis et comme le fut... le repris de justice Jacques Mesrine. Qui mieux que lui d'ailleurs confirma et mit en pratique la formule de l'architecte viennois Adolf Loos : « L'ornement est un crime » ?

Pour s'y retrouver disons qu'à gauche, oui à gauche, campe une école réactionnaire antimoderne. Nimbés d'un sentiment aristocratique, ils se sont constitués en bastion autour de l'architecte luxembourgeois Léon Krier. Ce grand amateur de pastiches postmodernes, dont le coup de crayon rappelle certains des travaux d'Albert Speer, l'architecte d'Adolf Hitler, défend une idée de la ville rétro qui a séduit le prince Charles. Une ville « comme à l'ancienne » a même vu le jour en Grande-Bretagne sous sa paternité. Elle porte haut l'étendard des opposants aux théories ultra-modernes des adorateurs de la *tabula rasa* chère à l'architecte hollandais Rem Koolhaas. D'ailleurs, ce mouvement rétro se développe aussi aux Pays-Bas, où plus d'une maisonnette à colombages vient faire la nique à des barres « néo-tendance ». En Grande-Bretagne, les promoteurs de ce courant, suspectant un frémissement populaire, avaient même envisagé d'ouvrir une école d'architecture où l'on aurait formé des maîtres d'œuvre confits dans la nostalgie et le regret. Las, l'école n'a pas attiré les foules. Difficile tout de même d'être antimoderne à 20 ans !

Une remarque en passant. Le fait que Adolf Hitler ait exprimé, avec la fougue qu'on lui connaît, une passion pour l'architecture, ne plaide pas en faveur de cette discipline. A titre de comparaison, son amour de la peinture n'aura que fort peu nui aux arts plastiques. Sans doute, la nullité du chancelier du Reich en matière de peinture (il excellait ailleurs, hélas !) l'a exclu pour toujours de l'histoire de l'art. Faut-il admettre alors qu'en matière d'architecture il aurait eu quelque talent ? Ses projets pour Berlin, son amitié avec Albert Speer, l'aisance avec laquelle surtout chaque néophyte peut discerner dans le palais de Chaillot, le centre-ville de Turin, la poste de Naples, les gratte-ciel staliniens de Moscou la patte des architectes à la solde des dictatures, ne peuvent que grever la réputation de l'architecture, art autoritaire s'il en est, imposé à tous. Encore un mauvais point. Et un sévère !

Dans un registre presque connexe, mais détachés de toute référence suspecte, on trouve encore d'autres nostalgiques, ouvriéristes cette fois. Cela ne devrait pas nous surprendre. Depuis quelques années, chacun peut constater la récurrence avec laquelle des écrivains et des photographes sacrifient à l'évocation d'un âge d'or, époque bénie où l'artisanat ne souffrait pas encore de l'« industrialisation mondialiste ». Ce discours lénifiant de la complainte des petits métiers perdus, de Paris ou d'ailleurs, apanage autrefois d'une droite arc-boutée sur ses provinces, est tombé dans l'escarcelle de la gauche. Daniel Pennac, Robert Doisneau, auteurs de polars et portraitistes sociaux, redoublent tous de publications qui encensent un amour du populaire, vénération d'une époque où les petites gens savaient goûter les plaisirs de la « gêne ». En architecture, ils titubent entre la copie de l'immeuble faubourien façon pierre de Paris, pour rester simple, et la feuille d'acanthe, unique décor de ferronnerie. C'est triste. Un représentant : Jacques Lucan avec son immeuble de la rue Saulnier, à Paris.

A l'autre bout du spectre des tendances germent les néo-écolos comme François Roche ou Édouard François. Grands imbricateurs de béton, de bois et de nature, ces anciens associés sont aujourd'hui deux agitateurs qui, adversaires farouches, s'accusent de plagiat et autres délicatesses. Qu'importe, ils ont du talent. Bien que « verts » dans leurs propositions, ils demeurent « noirs » des pieds à la tête. Sombres et légèrement déjantés, ils occupent un créneau à mi-chemin de la galerie d'art et de la commande privée. La proximité de leurs patronymes a conduit Édouard François à jouer les *models*, l'an passé, pour les besoins d'une campagne de publicité de la firme American Express. Sur les affiches où il apparaissait, on pouvait lire : « Il n'a pas encore construit de pyramide mais déjà une Amex. » Preuve s'il en est que, pour tous, un architecte est simultanément une exaltante promesse et un quotidien fort ardu. Sous leurs multiples références aux herbages et aux jardins, ces deux concurrents dissimulent moult options décoiffantes, développées d'ailleurs par d'autres confrères de la scène internationale : villes enterrées surgissant de landes herbeuses, murs de branchages, immeubles aux façades farcies de graines, comme à Montpellier dans « la maison qui pousse » (d'Édouard François). Leurs travaux valent toujours le détour. D'autres écolos ont connu la fortune médiatique. La villa construite par Anne Lacaton et Jean-Philippe Vassal dans les pins du Cap-Ferret est connue aujourd'hui sous toutes les latitudes. En trouant les sols pour que les arbres puissent poursuivre leur croissance à travers les planchers, les Lacaton-Vassal se sont fait une réputation d'architectes sensibles. Économes, ils professent encore le recours à l'architecture pauvre, sorte d'*arte povera* édifiant et édifié.

Le style de Rudy Ricciotti est, lui, plus provocateur. Le brutalisme de son Stadium de Vitrolles, bloc de pierre noire posé sur un sol de bauxite rouge, lui valut d'être traité d'« architecte de la nouvelle Pierre noire de La Mecque », par Bruno Mégret : une référence ! Ricciotti est une valeur sûre. L'œil aussi charbonneux que les costumes dont il pare sa fine silhouette, la conduite sportive en Jaguar, minimum, c'est le « Méridional » dans toute sa splendeur vénéneuse, Robespierre, vibrant tribun, prêt à parier sur le mauvais goût pour bousculer les convenances. Pointure aussi célèbre pour ses diatribes que pour ses projets, Ricciotti est de tous les combats : un jour pro-Corse, le lendemain fiévreusement républicain, explosif et dispersé, toujours à l'avant-poste [10].

Henri Gaudin, l'architecte du stade Charléty, à Paris, est une autre figure. Au propre, c'est une voûte, une longue silhouette à la de Gaulle, à la Malraux, courbée, vaguement de traviole, carrément médiévale. Voilà qui ne surprendra personne, Gaudin a la stature d'un

10. Voir Rudy Ricciotti, *Pièces à conviction*, Sens et Tonka éd., 1998.

homme en armes, chauve-souris croisée d'une gargouille. Ses références sont autant de châteaux forts et de casse-tête. Architecte formel, urbain à l'extrême, tant par sa politesse que par le soin qu'il porte à l'inscription de ses bâtiments dans ce qui les accueille, il est à part. Son stade Charléty, son université d'Amiens, son École normale supérieure de Lyon, son musée Guimet de Paris (ses deux derniers projets réalisés avec son fils Bruno) sont des réussites. Il est l'archétype de l'architecte hors courant, solitaire, habité.

D'autres peuvent être regroupés, comme ces architectes « régionalistes ». Soucieux d'extraire de leurs terreaux locaux les référents qui les guideront dans leurs travaux, ils ressuscitent une charpente, un fronton, un parement de briquettes. C'est plaisant, ça ne mange pas de pain. A Toulouse, à Charleville-Mézières, à Toulon, ils ont leur clientèle.

D'autres sont plutôt post-Beaux-Arts, expressionnistes comme on le dit de Christian de Portzamparc et de celui qui fut son élève, Frédéric Borel. La forme atteint chez eux des sommets sculpturaux. Dans les courbes et contre-courbes de la Cité de la musique, à la Villette à Paris, pour le premier ; dans l'effet mikado éclaté de ses exceptionnels ensembles de logements des rues Oberkampf et des Pavillons pour le second.

Dans le grand maelström de ces regroupements, voici venir maintenant la lourde cohorte des modernes-archéos, rivés au dogme corbuséen avec plus ou moins de talent, comme Yves Lion, Pierre-Louis Faloci, Henri Ciriani, les frères Goldstein. Chez ces zélotes du corbusianisme, les nuances sont nombreuses, innombrables. L'infini se loge dans cette loge quasi maçonnique et d'autant plus que, depuis peu, sous l'effet des discours célébrés de Rem Koolhaas, architecte batave au verbe haut, à la taille XXL et à l'aisance *corporate*, des vieux de la vieille comme Yves Lion (architecte entre autres du palais de justice de Lyon et de la Maison européenne de la photographie à Paris) virent leur cuti. Hier ayatollahs du cube blanc sur pilotis, les voici presque déconstructivistes, urbains convaincus des justesses théoriques de doctrines vouant l'architecture à n'être qu'une roue du grand carrosse urbain. Leur revirement a du bon. Plutôt que de construire un peu, ils lotiront beaucoup, mêlant à des réflexions dernier cri sur le chaos des villes tout ce qu'ils ont retenu de l'urbanisme des années 60, de l'idéologie communiste, relookée « à la mode ». Depuis que Prada, le couturier, a fêté ses succès dans l'immeuble du Parti communiste dessiné par Oscar Niemeyer, à Paris, rien n'est impossible !

Les high-techs de toutes dimensions sont plus rares. Ce courant est plutôt représenté en Grande-Bretagne, nation de culture technique et aéronautique. Santiago Calatrava (l'architecte du pont de l'Europe à Orléans), François Deslaugiers (l'auteur de la station du funiculaire de Montmartre), Chaix et Morel (à qui l'on doit le Zénith de la Villette et le stade d'Amiens), ainsi que les Lyonnais Françoise Jourda et Gilles Peraudin en sont. Sur leurs franges s'agitent les déconstructivistes comme Massimiliano Fuksas (à qui l'on doit la sublime entrée de la grotte de Niaux, en Ariège), Bernard Tschumi (les Folies de la Villette), Odile Decq (l'université de Nantes, avec Benoît Cornette) ou Jean Nouvel (la Fondation Cartier à Paris), apôtre encore de la transparence. Tous mêlent à l'héritage métallique estampillé Jean Prouvé (ingénieur, 1901-1984) un refus de l'enveloppe, de l'emballage. Ils séparent les fonctions, dynamitent leurs ensembles, dessinent des boîtes. Elles ont de l'allure.

Dans le registre de l'architecte doué, homme d'affaires à manières de notable, onctueux, rassurant, très antiquaire, il faut s'en tenir à Jean-Michel Wilmotte. Il en est l'archétype. Qu'il s'agisse de restructurer un chai en musée, de mettre en scène les superbes collections des Arts premiers au Louvre, de signer le musée du président Jacques Chirac en Corrèze (avec Jean Parquet), ou que sais-je encore ?, il a la même aisance, le costume gris, la cravate, la rondeur. Dans ce microcosme, ce n'est pas un profil courant. Pour réussir de cette façon, il faut un talent formidable. Son savoir-faire se mesure encore à son poids dans les jurys. Wilmotte est un calibre.

Il va sans dire que tous ces professionnels ont une sainte horreur de l'étiquetage, et ils ont en grande partie raison. Être considéré comme un simple soldat, un fantassin jeté dans la grande bataille des tendances a quelque chose d'humiliant. Il n'empêche, un certain nombre d'invariants dans leurs travaux les nouent les uns aux autres, même s'il est évident que ces bandes fluctuent, qu'un concours en rapproche certains et en éloigne d'autres. Qu'on se le dise : **en archi, les amis d'hier s'entre-tuent le lendemain.**

Ils se croisent aussi, se fréquentent, participent à la grande saga des conférences, « bouffent » du TGV, accumulent les *miles*. Tous ces architectes participent à de nombreux séminaires, symposiums, débats, vernissages, expositions. A la différence des médecins invités en rafale à Miami, San Diego ou Caracas, eux doivent se contenter d'un réseau plus local. A moins, bien sûr, qu'ils soient introduits dans la jet-set, qu'ils aient été adoubés, le plus souvent par eux-mêmes. Ils peuvent alors se réunir à dates fixes – à la Biennale de Venise, à celle de Buenos Aires ou lors de manifestations où l'obscur le dispute à la mondanité. Exemplaire fut le cycle de rencontres initié par l'architecte américain Peter Eisenman autour du concept « Any ». Ce forum donna lieu à des raouts intello-mondains à Séoul, Tokyo, Ankara, Buenos Aires, Rotterdam... où l'on plancha, en coteries constituées, sur des thèmes aussi énigmatiques qu'« Anymore », « Anyway », « Anybody » ou « Anytime »... Ces réflexions furent toujours suffisamment ésotériques pour paraître lourdes de sens. Any soit qui mal y pense !

On aura compris que les méthodes de classification des architectes sont multiples. On peut en imaginer sans cesse de nouvelles. Ainsi, pourquoi ne pas tirer de relations de cause à effet entre une prolifération d'architectures de capotage, version hard-top, coques de métal englobant la totalité d'un espace, et la calvitie de leurs auteurs : Claude Vasconi, Jean Nouvel, Massimiliano Fuksas, Frank Hammoutène?... Une telle remarque morpho-psychologique n'est peut-être pas si absurde que cela. Qui sait? L'architecture a beaucoup à apprendre des sciences sociales et paramédicales.

Macho, le bâtiment

En 1996, une campagne des « Trois Suisses » opposait la douce sensualité des courbes florales et féminines à tout un fatras d'horribles figures de la virilité. Et l'on trouvait pêle-mêle dans le sac aux opprobres : un champignon atomique, un cactus tout érectile et un gratte-ciel des années 30 ! Aveu massif de haine de l'architecture ou reconnaissance inconsciente de ce qu'en matière de sexualité on est homosexuel quand « on est du bâtiment »? L'origine de l'expression reste obscure. Elle traduit en tout cas le caractère machiste de tout un secteur professionnel.

L'architecture est un monde gris, moins sans doute que le bâtiment dont elle est la marge, mais suffisamment. Bien que les femmes y constituent 30 à 40 % des effectifs, on se demande où elles se terrent. Moins souvent inscrites à l'Ordre des architectes que leurs mâles confrères, plus souvent transfuges vers d'autres professions, elles font défaut dans la cuirasse.

Une plongée dans les allées du salon Bâtimat, dressé tous les deux ans à la porte de Versailles, est une épreuve. Un monde anthracite où l'hyperspécialisation du BTP se met en scène dans un bastringue à la sexualité absente. Des vis, des boulons, des poutrelles, des tubes, des tuiles, des tôles, et le tout mille fois répété, segmenté, différencié dans l'infime, voilà de quoi perdre tout espoir. Ce qui enlumine le sous-sol du BHV se mue ici, au fil des allées et des stands, en autant de clous d'un chemin de croix. Dans cet univers plombé, des mâles à perte de vue. C'est dit : l'architecture est misogyne, et le chantier un terrain miné pour les femmes. 85 % des architectes sont masculins. Il y a du taliban dans le maître d'ouvrage et du moudjahid dans le maître d'œuvre. Odile Decq (Lion d'or à la Biennale de Venise en 1996) le sait bien. A tout bout de champ, voilà qu'on l'invite, non seulement pour ses qualités bien réelles d'architecte et de propagandiste de la cause architecturale, mais encore, et surtout, parce qu'il faut bien remplir un quota de femmes à la tribune, à l'antenne, dans un jury. Noire et de surcroît handicapée, Odile Decq n'aurait plus une minute à elle.

Si nul n'a tranché la question de savoir si l'architecture avait un sexe, comme on a pu le subodorer en littérature, une chose est sûre, ses troupes sont masculines. C'est une donnée fondamentale, une fondation. **Il en résulte une absence de sensualité, au profit d'un style pur et dur qui afflige.** Les sentiments sont bannis au profit des doctrines. Le corps n'a pas sa place. L'intellect règne en maître dans cette architecture qui manque cruellement d'un côté « ménagère », de souplesse, de plaisir ; les architectes restent arc-boutés à la formule de leur illustre confrère viennois du début du siècle, Adolf Loos : « L'ornement est un crime. » Murés dans une attitude quasi métaphysique, ils considèrent l'architecture comme un univers abstrait d'émotion pure. Seuls les moines partagent ce type de rapport au monde. Quand ils reviennent au réel, la même pesanteur les étreint.

Quelques architectes désireux de secouer la torpeur de leur milieu se sont regroupés au sein d'une association intitulée « Mouvement ». Leur but, s'informer les uns les autres et tenter de prendre les commandes d'un Ordre professionnel dont nul ne sait aujourd'hui la fonction, et dont l'avenir semble être (mais depuis si longtemps !) une suppression prochaine, au moins pour ses instances nationales. Eh bien, rarement on aura vu un tel statisme ! « Mouvement », c'est, en dépit d'une volonté louable et des efforts opiniâtres de son animateur Michel Seban, un terrible immobilisme confit dans l'ennui. Débats mornes et bureaucratie, voilà l'ordre du jour. A croire qu'à chaque tentative d'introspection la profession ne rêve que d'actes notariés. Cet engluement éloigne un peu plus encore les architectes de la population ; il les enclôt dans un univers de pesanteur quand on les voudrait dynamiques, populaires et généreux. L'architecture est une maison dont les locataires oublient souvent d'ouvrir les fenêtres.

Alors, coupables ?

La question mérite d'être posée. Pour y répondre, il faut citer en guise d'introduction une devinette consubstantielle à cette profession : « A quoi distingue-t-on un assassin d'un architecte ? A ce que, à la différence du premier, le second ne revient jamais sur le lieu de son crime... »

Dans sa brièveté, cette plaisanterie cruelle exprime tout à la fois l'aigre saveur d'un métier dont la production exige souvent la destruction de ce qui préexiste, et le dédain pour les critiques qui frappent les architectes collectivement. Car c'est un fait, pour l'opinion publique ils sont coupables ; non seulement pour les cloisons papier à cigarette, les grands ensembles tentaculaires, les tours qui défigurent les sites et tout le tremblement, mais encore pour un train de vie assuré par des revenus supposés considérables. Ce n'est pas le pire. Ce qu'on leur reproche en sus, c'est d'être inaccessibles et d'afficher partout une attitude méprisante envers le commun des mortels jugé inapte à partager des idéaux qui le dépassent. On comprendra que ce jugement expéditif pèche par excès.

Pour la défense des architectes, rappelons un chiffre : **67 %[11] de ce qui se construit en France l'est sans**

11. Chiffre établi sur la base de l'ensemble des cotisations versées à la MAF (Mutuelle des architectes français), qui garantit tous les travaux effectués par les professionnels de l'architecture.

leur concours. Le recours à l'architecte n'est une obligation légale que dans les cas suivants : la construction d'un édifice privé dont la surface excède 170 mètres carrés ; d'un bâtiment public dont le coût générera plus de 1,3 million de francs d'honoraires (le choix de l'architecte étant alors soumis à un concours). Pour le reste – usines, ponts, routes, entrées d'autoroutes, hangars agricoles (de moins de 800 mètres carrés, ce qui est déjà considérable)… –, tout cela s'édifie sans eux. L'ingénieur et son bureau d'études font fort bien l'affaire et, à défaut, de grandes sociétés de BTP ont leur propre bureau d'architectes intégré. Que ceux-ci ne soient utilisés qu'à signer des demandes de permis de construire, c'est courant. Sans être ce qu'on appelle des architectes de complaisance, ils ne sont pas trop à même de contester les volontés de l'entreprise qui les emploie. C'est aussi que la loi sur l'architecture du 3 janvier 1977, en déclarant que « l'architecture, expression de la culture, est d'intérêt public », a oublié (volontairement ?) d'indiquer, en imposant le recours à l'architecte, les missions de celui-ci (sauf dans le cas des bâtiments publics soumis à concours).

L'architecte doit-il se contenter de signer une demande de permis de construire ou bien doit-il assurer d'autres prestations, comme la mise en forme de concepts créatifs, la réalisation d'un avant-projet (AP), d'un avant-projet détaillé (APD), d'un suivi de chantier ? Cela, la loi ne le dit pas. Ce qui serait impensable pour d'autres professions – notaires, policiers, assureurs… – est le quotidien des architectes. A tel point qu'ils en sont encore à s'interroger sur ce qui caractérise leur pratique. **Le droit n'a pas éprouvé jusqu'ici le besoin de définir « l'acte architectural »**, lequel ne fait donc l'objet d'aucun statut comparable à celui de l'acte médical, pharmaceutique ou comptable. Ce flou entretenu permet une fois de plus aux ingénieurs ou aux bureaux d'études de grignoter, petit à petit, la quasi-totalité du territoire professionnel des architectes. D'énormes marchés comme celui du désamiantage, par exemple, sont intégralement pris en main par des bureaux d'études ; quant à celui de la réfection individuelle, autrement dit des travaux menés à bien par les « ménages », il échappe lui aussi et en quasi-totalité aux architectes qui ne savent pas comment le démarcher. La loi a longtemps interdit aux architectes, comme aux autres professions libérales, de faire de la publicité ; de même, à l'image des médecins par exemple, l'architecte ne devait pas faire de bénéfices. Dans le rapport de confiance qu'il était censé établir avec son client, il ne devait toucher que des honoraires. Situation toute de contrainte et assez décalée par rapport au réel, car, à l'évidence, le citoyen fait plus souvent confiance à un médecin (parfois à son corps défendant) qu'à un architecte. Conséquence, l'architecte si souvent jugé coupable l'est plus qu'à son tour. Bouc émissaire, il en prend pour son grade, non seulement pour ce qu'il construit, mais plus encore pour ce qu'il n'a pu construire. Injustice confondante !

On devine alors que l'un des points faibles de cette profession, c'est sa communication. Ses actions, sa place, ses réussites, son rôle de valeur ajoutée, tant technique que culturelle..., tout cela reste du domaine de la quasi-confidentialité. Le poids des habitudes pèse encore sur tout un secteur peu rompu aux techniques du marketing et de l'autopromotion. Non-initiés s'abstenir. Le caractère tout à fait pitoyable et anti-sexy du dernier Salon international de l'architecture (octobre 1999), installé dans une partie sinistre et à demi enterrée de l'Arche de la Défense, en dit long sur l'incapacité d'un milieu professionnel à communiquer sur lui-même. Il est vrai que, coincées entre des mastodontes comme Bâtimat et le Mipim qui chaque année regroupe à Cannes le fleuron de la promotion immobilière privée et publique, ces actions volontaires d'autopromotion sont disqualifiées d'avance par une mollesse atterrante. Encore faut-il insister là aussi sur la faiblesse de nos institutions publiques. A ce même Mipim, il suffisait de comparer les stands des villes de Berlin et de Londres avec celui de la ville de Paris pour comprendre, d'un simple coup d'œil, que notre capitale n'avait pas su prendre la mesure des enjeux économiques et urbains à venir. Ses responsables se flattaient encore d'avoir le stand le plus grand quand il leur aurait fallu le plus fort. A l'autre bout du spectre, il faut se souvenir aussi d'une récente affiche pour ce même Salon de l'architecture de 1999. On y voyait un adolescent tenant sous l'aisselle un té d'architecte ! Comme si l'informatisation des agences, fait patent incontournable et connu de tous, était ignorée encore des responsables de la direction de l'Architecture et autres fonctionnaires du même tonneau.

La tentation du ghetto

Pas plus qu'ils ne savent se faire « mousser », les architectes ne savent se défendre. Les rares tentatives menées pour créer un syndicat d'architectes se sont toujours heurtées à un individualisme « artiste » qui voue la profession à la disparition lente. A ce titre, les architectes s'apparentent, par plus d'un aspect, aux réalisateurs de cinéma. Comme ces derniers, ce sont des créatifs forcés de jouer les coordinateurs d'équipes. Pour mener à bien leur projet, il leur faut non seulement tenir le cap d'un concept fort mais encore séduire les financiers (et leurs propres banquiers), mobiliser des équipes, lutter jusqu'au bout en dépit des coupes sombres, des retouches, des aléas de chantier et des desiderata des intervenants les plus divers. Comme chez les réalisateurs, il y a beaucoup d'appelés mais peu d'élus. Et ceux qui le sont perdent leurs cheveux ou blanchissent à vue d'œil, tant la chaîne des intervenants est continue, vivace et dévorante.

Ici s'arrête l'analogie entre architecture et cinéma, car si la comparaison apparaît justifiée par la pratique du métier, elle ne l'est plus par son impact public.

Même au mieux de sa forme, l'audience de l'architecture ne remplirait pas un bon multiplex de quartier. Imaginez des cinéastes qui n'auraient comme public que des cinéastes, ou des peintres dont les œuvres ne seraient montrées qu'à d'autres peintres. C'est un peu l'ordinaire du métier d'architecte. L'architecture est un sujet d'architecte quand bien même tout être humain en use, y loge, y habite. Monde clos, **l'architecture est un univers incestueux** où l'on ne parle que d'architecture, entre architectes, sans jamais réussir à s'unir.

Conséquence, les architectes paient très cher leur individualisme forcené. Attaqués de toutes parts – par les ingénieurs, les bureaux d'études, les designers, les promoteurs, les entreprises « tous corps d'État » –, les architectes font rarement le poids face à tant de concurrents, de détracteurs et de pilleurs d'idées et d'honoraires. Cette concurrence historique du corps des ingénieurs, expression de l'effet « réseau » des grandes écoles dans l'Hexagone, est un feu qui dévore la masse des architectes. Tout la révèle. Rien n'y échappe. On peut ainsi noter que l'École des ponts et chaussées de Marne-la-Vallée s'est construite pour un coût du mètre carré deux fois supérieur à celui de l'École d'architecture voisine. Les professeurs qui y enseignent y touchent d'ailleurs des salaires nettement plus importants que leurs confrères si proches. Pauvre architecture, décidément défendue par de si pauvres architectes !

DEUXIÈME PARTIE

La chaîne pernicieuse

Admettons que les architectes portent le chapeau de décisions qu'on leur impose ; mais ce « on », qui est-ce ? Une suite pernicieuse d'interventions de l'État, des entreprises, des associations de quartier… qui toutes se succèdent et dénaturent peu à peu leurs volontés premières. Ce sont encore des blocages idéologiques dont les architectes sont les premiers vecteurs ; ce sont enfin des causes structurelles, enseignement déficient, presse exsangue… Tels sont les maillons d'une chaîne qui, de décentralisation aux effets pervers en « faits du prince » réitérés, de concours truqués en stratégies d'entreprise retorses et discours politico-ringards des acteurs eux-mêmes, emprisonnent peu à peu toute créativité architecturale.

Trois causes nationales écrasantes

Une décentralisation perverse

Si les architectes ne construisent pas tout, ils ne décident pas non plus de tout ce qu'ils construisent. La politique de décentralisation (1982) a eu pour effet de conférer aux maires des villes françaises des pouvoirs considérables en matière d'architecture. Pour la plupart, ceux-ci affichaient pourtant une incompétence totale en la matière. Fort peu d'élus possèdent le soubassement culturel minimal qu'exige l'appréhension du débat et des enjeux tant esthétiques que techniques et sociaux de l'architecture. Deux attitudes se sont alors fait jour. De nombreux maires de province ont abdiqué toute responsabilité, s'en remettant totalement à leurs services techniques ou à des promoteurs. D'autres, comprenant qu'ils tenaient là le médium idéal pour qui voudrait laisser un nom gravé dans la pierre, se sont pris d'un engouement tel pour l'art de bâtir qu'il a frisé la grandiloquence.

A l'exemple de François Mitterrand, architecte des « grands travaux », Georges Frêche, maire de Montpellier, s'est très tôt entiché de l'architecte catalan Ricardo Bofill. Avec son aide, il a mis en place une politique

Hôtel du département édifié par Ricardo Bofill à Montpellier.

urbaine somptuaire fort bien symbolisée par la clinquante, néo-classique et postmoderne[1] place du « Nombre-d'Or ». Depuis, arrimé à son projet de relier la cité à la mer, il a baptisé « Odysseum » le prochain complexe ludique et commercial en cours de réalisation sur ses terres. Hélas ! n'est pas César qui veut, et l'ensemble urbain baptisé façon péplum suinte le décor de pacotille.

Dans le Nord, c'est Pierre Mauroy, fasciné par la personnalité haute en couleur mais tout de noir vêtue (comme Bofill d'ailleurs, hormis la chemise blanche) de l'architecte et gourou hollandais Rem Koolhaas, prix Pritzker en l'an 2000 (l'équivalent, dit-on, du prix Nobel pour l'architecture), qui a permis l'érection en plein cœur de sa ville de l'énorme et réfrigérant quartier d'Euralille.

A Nîmes, c'est Jean Bousquet qui a fait appel à de nombreux architectes (Jean Nouvel, Philippe Starck, Jean-Michel Wilmotte, Vittorio Gregotti, Kisho Kurokawa...). Le résultat est plutôt de bonne qualité, ne serait-ce qu'avec le Carré d'art, musée d'art contemporain érigé sur le flanc de la Maison carrée par

1. Un débat oppose critiques d'architecture et philosophes sur la genèse du terme « postmoderne ». Les premiers en attribuent la paternité au critique d'architecture britannique Charles Jencks, les seconds à Jean-François Lyotard (voir Jean-François Lyotard, *La Condition postmoderne*, Éd. de Minuit, 1994). En architecture, le terme désigne une manière de réutiliser les éléments d'architecture antique que sont les colonnes, les frises, les frontons, les pilastres. Fabriqués dans des matériaux d'aujourd'hui (béton, acier...), ils sont intégrés dans les projets contemporains. Sauts d'échelles et délires de compositions symbolisent cette tendance dont les représentants les plus marqués sont Ricardo Bofill en Europe et Michael Graves aux États-Unis. Même Philip Johnson a donné dans le postmodernisme en signant le gratte-ciel new-yorkais de la firme AT&T.

Sir Norman Foster, mais les dettes de la ville, considérables, ont précipité la chute du chemisier versé dans la politique.

A Bordeaux, ce n'est que sur le tard que Jacques Chaban-Delmas a saisi tout l'intérêt d'une politique architecturale et urbaine affirmée. Aujourd'hui, Alain Juppé a bien du mal à la conduire.

Lyon vient de prendre conscience de l'immense potentiel de sa friche dite Lyon-Confluence entre rivière et fleuve. La capitale de la région Rhône-Alpes a initié, fin 2000, un concours d'envergure.

Ailleurs, à Arles, Amiens, Orléans, Nantes ou Strasbourg, les mêmes stratégies de reconquêtes urbaines et les projets phares sont utilisés avec profit comme plates-formes d'actions politiques. Mieux, devant la désaffection des citoyens pour les consultations électorales, le référendum d'intérêt local portant sur des questions d'aménagement urbain est en passe de devenir la béquille des politiques. Les architectes sont appelés au secours des municipalités, car un bon chantier mobilise les foules d'ordinaire indifférentes aux programmes des uns et des autres mais soucieuses de s'éviter le pire dans leur environnement proche.

Un style étatique et répétitif

Bien que cette soif d'architecture ait permis l'édification de chefs-d'œuvre tels que le musée des Beaux-Arts de Lille[2] (de Jean-Marc Ibos et Myrto Vitart), le stade Charléty à Paris (d'Henri Gaudin) ou le Centre culturel Jean-Marie-Tjibaou en Nouvelle-Calédonie (de Renzo Piano), **on s'aperçoit, quand on cherche à dresser un bilan de ces réalisations financées par l'argent public, que les réussites sont rares**. Certes, elles abondent dans le domaine culturel. C'en est même un raz de marée. Aux deux musées précédemment cités on peut adjoindre le Centre Georges-Pompidou (de Renzo Piano et Richard Rogers), le musée du Jeu de paume et les abattoirs de Toulouse (tous les deux signés Antoine Stinco), la Cité de la musique (de Christian de Portzamparc) et nombre des grands projets de l'ère mitterrandienne (la Villette, la Pyramide du Louvre, la Grande Arche...), ajoutons encore la Médiathèque à Orléans (de Dominique Lyon et Pierre du Besset) ; il y en a d'autres.

Hors la culture, elles se font rares. Dans les domaines de la Santé, de l'Éducation nationale, des édifices publics (ministères, mairies, DDE, etc.), on peine à enfiler les perles. Le centre universitaire Port-Royal-René-Cassin, à Paris (signé Jacques Ripault et Denise Duhart), la faculté de Nantes (d'Odile Decq et Benoît Cornette), quelques agences avec logements des Postes

2. Il faut opposer la réussite de ce musée dans lequel les architectes ont su transposer tout l'univers de la peinture, des pigments à la dorure, en passant par sa virtualisation, à l'échec de la Bibliothèque de France, œuvre dans laquelle rien ne transpire de l'univers du livre et de la lecture. Une seule remarque sur ses quatre tours : Ce sont quatre livres ouverts. Soit. Mais pourquoi faut-il qu'ils soient tous ouverts à la même page ?

et Télécommunications, l'hôpital Robert-Debré à Paris (de Pierre Riboulet), l'université d'Amiens (d'Henri Gaudin), celle de Tours (de Frank Hammoutène), bien sûr l'aéroport Roissy 1 et son terminal 2F (de Paul Andreu), la gare TGV de Lyon-Saint-Exupéry (de Santiago Calatrava), ce n'est certes pas si mal, mais en trente ans cela fait peu.

C'est que, là aussi, la réglementation imposant la mise en place de concours pour tous les bâtiments publics a produit ses effets pervers. Pour éviter les magouilles dans le choix des concurrents et du lauréat de ces concours, on a instauré en 1977 la MIQCP (Mission interministérielle pour la qualité des constructions publiques). Cette structure d'aide à la qualité architecturale a vite eu la haute main sur la composition des jurys de nombreux concours, ainsi que sur le choix des architectes appelés à en découdre sur tel ou tel projet. Sans être obligatoire, l'avis de la MIQCP a souvent été sollicité par des maîtres d'ouvrages publics qui ne savaient pas trop comment mettre sur pied l'un de ces fameux concours obligatoires.

Aujourd'hui, on s'aperçoit à quel point les choix de la MIQCP (jumelés à d'autres, comme on le verra) ont été mono-orientés, ainsi qu'on le dit d'un appartement à simple exposition. La tendance dite des « néo-modernes » (épigones de Le Corbusier) a trouvé ainsi son plein champ d'expression. On se rappellera que la MIQCP a très vite été surnommée « MIQCP-mac » et que l'expression « les aMIQCP de mes aMIQCP sont mes aMIQCP » a fait flores tant son fonctionnement a donné lieu à des échanges de bons procédés entre les architectes appelés à occuper alternativement, au fil des concours, la position de juge (membre du jury), puis de concurrent. **Cette pratique des renvois d'ascenseur a généré en France une architecture de qualité, hélas répétitive, dogmatique et sans audace.** Certes, de nombreux bâtiments honorables ont ainsi été réalisés ici ou là, mais une regrettable absence d'ouverture d'esprit se fait jour à travers eux.

Un secteur privé déresponsabilisé

Il n'empêche, l'image d'un État garant de la qualité architecturale s'est imposée en France. Hélas ! devrait-on dire encore, car sa volonté affichée mais discutable de contrôler l'architecture a eu pour conséquence négative de déresponsabiliser l'ensemble du secteur privé. Ainsi, dans l'omniprésence d'un État, paradoxalement renforcée par sa volonté décentralisatrice, le pire n'est pas que des erreurs monumentales aient pu être commises – c'est là le lot de toute politique –, non, c'est d'avoir imposé cette idée lourde de conséquences : l'architecture signée, celle qui se remarque, s'inaugure, qu'on « vend » aux administrés, ne peut être que d'État. Loin d'être une option socialiste, même si les « grands projets » de François Mitterrand ont enfoncé le clou, cette conception a toujours été partagée et défendue par les « solidaristes »,

Le siège de TF1 à Boulogne-Billancourt.

autrement dit les gaullistes sociaux. Cette politique d'architecture étatique est ancienne. Du Centre Georges-Pompidou à la voie express du même nom, en passant par la célèbre formule de Jacques Chirac, alors maire de Paris, « l'architecte des Halles, c'est moi ! », c'est l'État partout, et depuis Louis XIV, qui s'est fait bâtisseur.

Dès lors, le secteur privé a pu, en toute légitimité, se sentir totalement dégagé de la moindre exigence de qualité. Quand le privé bâtit pour loger des personnes physiques ou des entreprises, l'État, lui, bâtit pour leur donner un cadre et une image. Pour une entreprise comme Canal Plus, qui fait appel au grand architecte américain Richard Meier pour édifier son siège au bord de la Seine à Paris, combien de sociétés négligent absolument l'image bâtie de leurs activités ? TF1 se fait construire à Boulogne-Billancourt un monobloc de verre miroir d'une laideur affligeante ; Force ouvrière fait pire (ce qui n'était pas joué) en relookant un immeuble de l'avenue du Maine à Paris ; France-Télévision fait un peu mieux en appelant à la rescousse Jean-Paul Viguier, mais, hélas, le résultat est un loupé sévère, un pâté de verre surmonté par un étage de guingois que beaucoup, perfides, nomment aussitôt « le décodeur »... en référence à Canal Plus, voisin et concurrent s'il en est. Le groupe de presse HFP (Hachette Filipacchi Presse) installe, lui, ses bureaux dans un immeuble sans qualités à Levallois, comme s'il n'avait aucune idée de ce que communication veut dire.

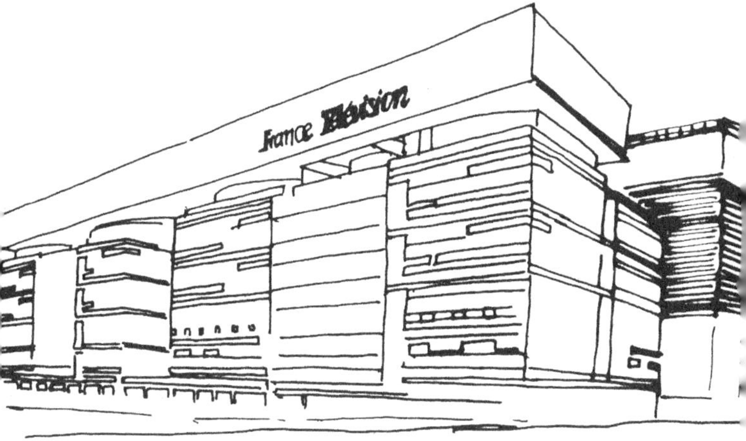

Le siège de France-Télévision édifié par Jean-Paul Viguier.

Dans le même temps, à New York, le groupe Condé-Nast fait appel à Frank Gehry pour qu'il redessine la cafétéria d'entreprise. Le lieu devient aussitôt un carrefour obligé des prises de vue « mode », une carte de visite exemplaire. Le *New York Times* organise une consultation internationale mettant aux prises Frank Gehry, Renzo Piano, Cesar Pelli (l'architecte du World Trade Center et des tours Petronas de Kuala Lumpur, les plus hautes du monde) et Norman Foster. « *Good design is good business* », disait déjà en 1953 Raymond Loewy dans son livre au titre percutant : *La laideur se vend mal*[3].

Les agences de publicité le savent, elles qui ont su faire appel à des talents pour édifier leurs sièges sociaux. CLMBDDO a embauché Jean Nouvel pour dessiner ses locaux de l'île Saint-Germain, à Issy-les-Moulineaux ; BETC, filiale d'Euro-RSCG, réinvestit le bâtiment hier des meubles Levitan, rue du Faubourg-Saint-Martin, en embauchant une tripotée d'architectes et de designers. A peine dans leurs murs, la presse s'en empare et leur assure une superbe campagne de pub.

Autant d'exceptions qui confirment la règle d'une Bérézina dont on peut encore extraire les groupes de presse et de radio Actuel-Nova et Libération. Tous deux surent s'adjoindre les talents des frères Rubin de l'agence Canal. Plus remarquable encore est l'importance accordée par le groupe L'Oréal à l'architecture de son siège d'Aulnay-sous-Bois, conçue par Valode et

3. Paru aux États-Unis sous le titre *Never Leave Well Enough Alone* et publié en français en 1990 chez Gallimard, coll. « Tel ».

Pistre. Et combien apparaît exemplaire la démarche du Parti communiste confiant à Oscar Niemeyer le soin d'édifier son bunker de la place du Colonel-Fabien, à Paris ; exceptionnelle, l'attitude encore de cet entrepreneur hôtelier, Jean-Michel Lamonnier, qui a su confier à Anne Lacaton et Jean-Philippe Vassal l'édification d'un immeuble de bureaux à Nantes et d'une villa en bande en Corse. Belle constance, car il avait déjà commandé au couple Clotilde et Bernard Barto la construction de son hôtel « La Pérouse ». L'étonnante façade de guingois de l'hôtel penche maintenant sur le cours des Cinquante-Otages, à Nantes, et elle mérite le détour. Elle nous rappelle qu'à l'étranger le promoteur Ian Shrager fait réaliser par Starck des hôtels de luxe à San Francisco, New York, Londres ou Los Angeles. Des monuments d'architecture plus ou moins baroque et kitsch qu'une clientèle fortunée visite comme autant de châteaux de la Loire disséminés sur la planète.

Le tableau serait incomplet si l'on omettait de signaler que ce dédain du secteur privé pour l'architecture a eu pour conséquence de déresponsabiliser les Français vis-à-vis de leur patrimoine. Là, encore, il est entendu que c'est à l'État de sauver les trésors nationaux. Délabrez, vous en tirerez toujours quelque chose. En architecture, il en va comme en matière de grogne catégorielle (routiers, transporteurs de fonds, ambulanciers), c'est toujours l'État qu'on appelle à la rescousse.

Quatre causes liées à un système de concours mal fichu

Des concours éreintants

On a dit que la MIQCP avait failli pour une part à sa mission. Il faut entrer dans le détail et expliquer comment. Le 12 juillet 1985, la loi MOP (Maîtrise d'ouvrage publique) instaurait une politique active de concours publics. Ainsi s'exprimait la volonté d'instaurer une plus grande égalité des chances entre les maîtres d'œuvre (les architectes). L'idée était excellente. En imposant une compétition ouverte entre architectes pour la réalisation de tout bâtiment public (école, mairie, bibliothèque, hôpital...), on pensait que les caciques de la profession, les mandarins de la reconstruction des années 50, se pousseraient un peu pour faire de la place à la génération montante. Il faut rappeler qu'après la guerre l'immense marché de la reconstruction avait fait l'objet de marchés plus discrets. Les entrepreneurs et les architectes proches de la Résistance avaient hérité de secteurs entiers, et l'on peut dire que le territoire des ruines avait fait l'objet d'un « Yalta » du BTP entre factions et camarades. Conséquence du « baby boom », l'augmentation des étudiants dans les années 70-80 a rendu nécessaire la mise en place de réformes. On a donc planché sur des mesures qui faciliteraient l'accès des jeunes diplômés au marché de la construction.

Dans un premier temps, nombre de ces jeunes architectes ont été repérés lors de concours d'idées intitulés PAN (Programme architecture nouvelle), action étendue aujourd'hui à toute l'Europe. Lauréats pour la plupart des *Albums de la jeune architecture*, publications assurées par le ministère de tutelle de l'architecture (celui-ci changeant souvent, on ne précisera pas lequel ; voir p. 107), promus gotha de la relève, ils se sont retrouvés lancés dans les concours. **Mais, bien vite, on s'est aperçu que ces concours contribuaient à éreinter la profession plutôt qu'à la doper**. Nombre de ces concours se clôturaient souvent par l'abandon du projet par le maître d'ouvrage qui l'avait initié. Pour dix concours rendus, on pouvait au mieux escompter en gagner un ; et encore cela ne signifiait pas qu'il déboucherait sur une mise en chantier. En architecture comme dans le domaine de la production de films, nombre de projets, même très avancés, capotent : clôture de lignes budgétaires, changement de majorité politique, recours d'associations..., tout se conjugue pour anéantir l'élan primaire. La montée en puissance du secteur associatif n'est pas le moindre des facteurs d'immobilisme. Derrière son aspect « citoyen », il s'avère constituer en vérité une force d'inertie terrible quand elle n'est pas simplement une méthode de racket. En France, les contentieux en matière d'urbanisme constituent la deuxième cause de recours devant les tribunaux. Des cabinets d'avocats se sont fait une spécialité du recours systématique à chaque dépôt de permis de construire. Quand les affaires étaient florissantes, il n'était pas rare que les promoteurs crachent au bassinet afin de s'éviter un long procès qui bloquerait le lancement des travaux. Le rythme des mises en chantier se ralentissant avec la crise économique, les règlements « à l'amiable » se sont raréfiés et les architectes se sont mis à faire vivre leurs collègues libéraux du barreau. Aujourd'hui, il n'est pas un cabinet d'architectes qui ne se lance dans une grosse opération sans avoir intégré au préalable dans son équipe un spécialiste du contentieux. Bref, tout participant à un concours devait tabler sur un ratio terrible : dix concours de perdus pour un de gagné et encore trois ou quatre de gagnés pour un de construit. Comme le résumait brillamment l'architecte Benoît Cornette : « En architecture, un projet suspendu, c'est un projet enterré. »

Le fait du prince

A ces deux écueils, étatisme pervers et concours épuisants, s'en ajoute un troisième : **le fait du prince, concrétisation d'une mainmise réitérée de la politique sur l'architecture**. Cette spécialité française ne serait pas choquante en soi si elle ne venait contredire la volonté de transparence et de souveraineté des membres des jurys. Consacré lauréat par un jury « indépendant », il n'est pas rare de voir un architecte débouté et remplacé par un autre, si tel est le souhait du président de la République, du maire ou de quelque autorité de tutelle.

Les décisions de jurys déjugés de cette manière sont légion ; que l'on songe à Jacques Hondelatte, lauréat du tribunal de grande instance de Bordeaux, finalement remplacé par Richard Rogers à la suite d'un second concours ; au même Richard Rogers, lauréat en l'an 2000 de l'Hôtel de région à Euralille, travail finalement confié à l'équipe Delamazure ; à Jean-Michel Wilmotte, lauréat du projet Vulcania, évincé par Valéry Giscard d'Estaing au profit de Hans Hollein ; à Rem Koolhaas et Jean Nouvel, lauréats de la Bibliothèque de la faculté de Jussieu, victimes cette fois d'une autre procédure, celle de l'enterrement du projet ; mésaventure également vécue par Francis Soler, lauréat du Centre de conférences internationales du quai Branly à Paris, passé à la trappe par Édouard Balladur pour des raisons politiques ; déconvenue vécue encore par Alain Sarfati, lauréat du nouveau musée de l'Aéronautique du Bourget ; par Bruno Fortier, lauréat de l'aménagement de l'île Seguin… La liste est infinie de ces espoirs tombés au champ des projets jugés, déjugés, annulés.

Pour rendre palpable cette mainmise de la politique sur l'architecture, prenons l'exemple des logements expérimentaux de Nemausus, réalisés par Jean Nouvel, à Nîmes. Mondialement célébré, publié partout, cet ensemble high-tech, sorte de navire de métal, connaît aujourd'hui de graves difficultés. En gros, il sombre. Jean Nouvel a raison d'affirmer que ses logements ont été pris en otages par l'équipe municipale qui a succédé à celle de Jean Bousquet. En laissant se dégrader l'opération tout entière (cela facilité, il faut le dire, par un traitement constructif novateur et risqué dont les architectures de Jean Nouvel sont familières), la nouvelle mairie met en accusation toute la politique urbaine dispendieuse de son prédécesseur. Cette pratique de l'intrusion politique dans les débats architecturaux est une plaie française. Ainsi, autre exemple, la passerelle Solferino de l'architecte ingénieur Marc Mimram, sujette à des problèmes techniques d'oscillation inquiétants comme de revêtement glissant, aurait dû être mise aux normes et rendue accessible au public dans un délai des plus courts. Hélas, il se trouve que ce projet étant soutenu par le ministère de la Culture, Jean Tiberi, maire de Paris, a sauté sur l'occasion d'un dysfonctionnement pour mettre en accusation une pseudo-gabegie étatique commise sur le dos des Parisiens. La passerelle s'est ainsi trouvée prise en otage par la politique, symbole s'il en est d'une rupture des ponts entre les divers niveaux de décision. On ne saurait trop relever dans ces pratiques l'aspect monarchique qui parasite toute la vie politique française.

Une gangrène : la rumeur

L'inverse est heureusement vrai. Il est encore des jurys souverains, tel celui qui a couronné le projet de Jean Nouvel pour le futur musée des Arts premiers. Il n'empêche, on a crié alors à la magouille. On a juré le concours pipé et « le lauréat choisi d'avance ». La rumeur s'est emparée de l'affaire. Il est vrai que les renvois d'ascenseurs, le fait du prince, les décisions des jurys suffisent à alimenter une suspicion légitime. A chaque concours, il est des architectes pour affirmer que « c'est joué d'avance », que « cette fois-ci, c'est pour Untel », qu'« X et Y ne sont invités que pour jouer les figurants et rendre crédible une décision déjà arrêtée ».

Quand Jean Nouvel a perdu le concours du Stade de France, il a porté plainte. L'affaire est montée jusqu'à la Cour européenne de justice, et la France a failli être condamnée pour manœuvres illicites, celles justement qui favorisèrent l'équipe lauréate de la compétition. Finalement, tout s'est soldé par un accord secret au terme duquel Jean Nouvel a retiré sa plainte. Quelques années passent et voici que le même Jean Nouvel, annoncé « tricard » à Paris, est lauréat du concours pour le musée des Arts premiers, l'unique « grand projet » de Jacques Chirac. Et la rumeur d'assener que c'est là « l'effet retour de manivelle ». « On lui devait bien ça ! » Le talent de Jean Nouvel n'est pas même mis en cause, car en l'occurrence, à la vue de ses réalisations, on lui devait assurément un projet d'envergure, mais c'est la perversité de tout le système qui produit la rumeur.

D'autres en ont fait les frais. Christian de Portzamparc a subi l'opprobre quand il a remporté le concours de l'ambassade de France à Berlin. Cette fois, le point de vue de Jean Nouvel était exposé par une lettre anonyme, brûlot signé d'un pseudonyme et distribué dans le « milieu ». L'architecte de la Cité de la musique y était présenté comme l'architecte officiel de Jacques Chirac. Il est vrai que le projet de Portzamparc pour Berlin n'est pas d'une grande qualité et que Jean Nouvel faisait partie des concurrents évincés.

C'est en vérité une tradition française que de menacer d'en appeler aux tribunaux à chaque rendu de concours. On déniche toujours dans le projet du concurrent une entorse au règlement. Quand Jean Nouvel encore se propose de respecter par une façade en verre transparente l'alignement sur rue imposé par les règles du concours pour le musée des Arts premiers, des architectes mauvais perdants (Francis Soler, qui fut en son temps spolié de sa victoire lors d'un précédent concours sur le même site) crient au scandale : « Il ne respecte pas l'alignement ! » Et pourtant si, mais en usant d'un artifice : une façade transparente. Il se trouve que c'est justement cet argument de la transparence qui fonde une partie des travaux de Jean Nouvel ; il faut donc admettre sa bonne foi. Encore eût-il été plus judicieux de traiter de cette question de la transparence avant même de rédiger le règlement du concours !

En Allemagne, on prend soin d'agir ainsi, afin de définir au préalable des règles claires.

En France, il semble qu'un flou soit nécessaire pour alimenter ensuite les recours en justice et les diatribes de comptoir. Bien évidemment, quand il s'agit d'avancer des arguments irréfutables, de fournir des preuves de la magouille (bien réelle, qui sait ?), c'est une autre paire de manches. Le clan se reforme, plus personne ne parle, ce qui est logique si l'on se souvient de la formule d'Alain Finkielkraut : « La culture d'entreprise est une culture de gang. » **En architecture comme ailleurs, le clanisme reprend ses droits.**

A ce titre, il faut rappeler qu'aux premiers temps de la Bibliothèque de France un unanimisme exalté avait salué son érection. Le premier article de Frédéric Edelmann, dans *Le Monde*, était enthousiaste, ceux qui suivirent furent beaucoup plus mesurés. De cette bibliothèque, il ne fallait pas dire de mal, d'abord parce qu'elle était signée d'un architecte jeune, et français de surcroît. Oui, cela ne se faisait pas de taper sur un jeune, et moins encore sur un compatriote, rare élu dans un domaine envahi par les stars étrangères qui venaient « construire chez nous ». Puis, le courant s'est inversé et le ruisseau de la rumeur s'est mué en un océan de diatribes. Le jour où le quotidien *Libération* a titré sur « Le grand flop de la Bibliothèque de France », Dominique Perrault, son architecte, a eu cette réflexion amère mais juste : « Au moins, nous aurons fait la couverture. » Depuis, et en dépit de quelques tempêtes, le navire s'est plutôt bien sorti des remous de la justice, à défaut d'avoir séduit l'opinion.

On aurait tort de croire les recours juridiques réservés aux grandes affaires, aux très grands projets, comme le Stade de France. L'idéologie du recours contamine tous les niveaux. Et pour cause, tout y contribue. Ainsi les permis de construire sont attribués en France à la vue d'une esquisse. Partout ailleurs en Europe, on exige la présentation par l'architecte d'un avant-projet détaillé (APD). Conséquence : ce qui est discuté en amont à l'étranger l'est chez nous en aval. Une fois le bâtiment construit, les recours devant les tribunaux se multiplient. Plaintes de voisins, d'associations... On se moque du juridisme américain ; on a tort.

Des concours et des prix manipulés

Le concours est donc au cœur même du système architectural. Il l'est aussi de son malaise. Le concours polarise les espoirs et les déceptions, les rancœurs et les rumeurs de toute une profession bien obligée d'en passer par là pour pénétrer le cercle restreint des grosses commandes publiques. De fait, c'est dans ces concours que se révèle de la manière la plus crue le caractère incestueux d'une profession. Tous ces architectes qui se fréquentent comme se fréquentent tous les anciens camarades de faculté sont appelés à concourir les uns contre les autres. Eux qui ne se quittent jamais et se croisent d'expositions en vernissages, de conférences en biennales, les voici soudain ennemis, le temps d'une compétition. **Les architectes sont des gladiateurs modernes**. Ils vivent ensemble, se fréquentent, mais doivent s'entre-tuer à chaque consultation. S'entre-tuer ou... s'entendre. Car, membres des jurys d'architecture (où ils côtoient diverses personnalités, représentants du client, élus, experts...), ils sont à la fois juge et partie, comme on l'a dit plus haut. Ils sont ainsi prisonniers d'un système de retour d'ascenseur permanent (« tu votes pour moi à charge de revanche ») où sont souvent primés les projets non pas les meilleurs mais les mieux placés dans le « potlatch » général. Ce système génère la constitution de réseaux, de clans, d'un milieu structuré plus par des positions stratégiques que par des oppositions d'idées. En vérité, il n'y a là rien d'exceptionnel et l'on pourrait appliquer ce constat à d'autres milieux, comme celui de l'édition par exemple, dont les prix littéraires sont l'objet de tractations reconnues par tous. La différence est moins de qualité que de quantité. Le bâtiment brasse beaucoup plus d'argent que le secteur du livre et il finance beaucoup mieux les campagnes électorales. Un prix littéraire sauve parfois une maison d'édition. Un projet d'architecture peut bâtir des maisons par centaines.

Nonobstant, les concours sont perçus comme un mal nécessaire. Sur ce terrain, d'ailleurs, les Français mènent une bataille contre une réglementation européenne, la Directive Europe Services (du 1er avril 1998) qui impose l'anonymat dans tous les concours publics. Cette règle, à première vue parfaitement démocratique, est en réalité une absurdité. Non seulement parce qu'un bon expert est capable de repérer une signature à la vue de tel ou tel plan, coupe, dessin, proposition, pour peu qu'un architecte ait du style (marque de qualité suprême), mais surtout parce que cet anonymat bloque toute possibilité de dialogue entre le maître d'œuvre (l'architecte) et le maître d'ouvrage (son client et commanditaire). Cette même obligation d'anonymat interdit ensuite toute modification du projet lauréat par respect de la décision prise. **Conséquence : la France, leader en matière d'organisation de concours, se couvre de bâtiments moyens qui se révèlent ensuite inadaptés**, « bâtiments moyens, dessinés par des architectes moyens, pour un jury moyen » (selon la formule de l'architecte américain Frank Lloyd Wright).

Certes, tous les spécialistes s'accordent à reconnaître l'anonymat utile et nécessaire lors des très grands concours internationaux. C'est ce qui a permis à un Danois presque inconnu, Otto von Spreckelsen, jusque-là auteur seulement d'une maison et d'une église, de remporter le concours de la tête Défense, avec l'Arche du même nom.

Faut-il s'en réjouir ? L'architecte est décédé avant l'achèvement de son grand œuvre, écrasé peut-être par le poids de ce bâtiment trop lourd pour lui. Quant à l'Arche elle-même, elle est à la dérive. Elle n'a toujours pas trouvé de locataire à sa mesure et nombre de ses bureaux trop exigus demeurent désespérément vides.

Cet anonymat discutable devient une monstruosité quand il s'agit d'édifier trente logements à Montluçon ou bien un hôpital. Néfaste, car il interdit aux praticiens de discuter entre eux du programme. Pourtant, un architecte en apprendrait beaucoup des médecins appelés ensuite à faire fonctionner le centre de soins qu'il doit imaginer pour eux. Néfaste et encore inutile, car dans tous ces concours les projets passent devant une commission technique qui les examine sous l'angle essentiellement fonctionnel, constructif et financier. Or il est de notoriété publique qu'à ce stade l'anonymat n'existe plus. Les propositions des architectes sont toujours validées par des bureaux d'études, et cela suffit pour savoir qui est qui. Le pouvoir des commissions techniques est donc considérable, et c'est souvent à travers elles que se concrétisent les manœuvres de coulisses. Comment contester en effet une condamnation « technique » dûment établie par des « experts » ? Dans ces circonstances, on en vient à penser que les fuites permettant aux concurrents d'en savoir un peu plus sur les désirs du maître d'ouvrage sont les bienvenues. Mais, effet pervers, ces fuites, si nécessaires, alimentent ensuite l'air de la calomnie.

Pour toutes ces raisons, une bonne part des architectes français, de même que nombre de maîtres d'ouvrages tentent de faire supprimer cet anonymat absurde que, rappelons-le, la loi MOP n'a jamais cherché à imposer lors de sa mise en place.

Cet anonymat, d'autres architectes, très minoritaires toutefois, le défendent. Certains pour de mauvaises raisons, tels l'Ordre des architectes et les syndicats professionnels sans réelle envergure qui se sont élevés, très officieusement, contre toute forme de rapport direct entre l'architecte et les membres d'un jury au prétexte que l'oral avantagerait les stars. D'autres ont de meilleurs arguments. Pourquoi faudrait-il que les architectes, qui surent dans l'après-68 déboulonner la dynastie des « Grands Prix de Rome », soient à l'abri de toute concurrence ? De même que les concours eurent comme effet pervers de lancer des jeunes architectes, puis de les priver de commandes, tout en excluant la majeure partie de la profession et des concours et du marché, le non-anonymat a pour effet d'avantager indiscutablement les célébrités. On comprend que certains en prennent ombrage.

Pour prendre toute la mesure de ce débat, il faut enfin rappeler un fait qui, dans le milieu de l'architecture, reste emblématique, celui de l'Opéra Bastille. Le jury qui devait se prononcer sur des esquisses anonymes avait cru à l'époque reconnaître dans la proposition de l'Uruguayo-Canadien Carlos Ott le travail de l'architecte américain super-star Richard Meier (auteur entre autres du siège de Canal Plus, à Paris, et du Getty Museum, à Los Angeles). La certitude du jury était telle que Meier fut informé de son succès par des fuites

L'Opéra Bastille par Carlos Ott.

et qu'il sabla le champagne avec les membres de son agence. Hélas, le jury s'était trompé et la place de la Bastille est aujourd'hui écrasée par un opéra sans grâce sur un site dont on peut estimer que Meier aurait su tirer meilleur parti. Depuis, on se méfie des certitudes… même de celles des experts.

Des fuites, il y en a toujours, de même que des manœuvres, c'est inévitable. Si l'on veut un exemple des mœurs du milieu, il suffit de se reporter au prestigieux prix Mies van der Rohe 1999, attribué deux ans plus tôt à Dominique Perrault pour sa Bibliothèque de France. Sur les quatre projets français sélectionnés, on trouvait le musée des Beaux-Arts de Lille (d'Ibos et Vitart) – on a déjà dit tout le bien qu'on en pensait –, l'impressionnante et sadienne maison Lemoine à Floirac (par Koolhaas), le Studio du Fresnoy à Tourcoing (édifié par Bernard Tschumi), projet d'envergure et même un peu trop, et les logements construits à Paris par Odile Seyler. Ces logements sans qualités avaient déjà fait l'objet de l'attribution du prix « Jeune architecte », mesure assez comique quand on sait que la lauréate enseignait depuis plusieurs années déjà, ce qui aurait dû, en toute logique, lui barrer l'accès d'un prix réservé à la génération montante [4]. Or donc, ces logements, toujours aussi dénués de quelque qualité que ce

4. Cette affaire avait amené l'architecte Stéphane Maupin à écrire dans un courrier adressé à la revue *D'Architectures* : « J'ai trente ans, et en attendant d'être jeune, je jeûne… »

soit, firent ensuite l'objet d'une « mention » décernée par Le Moniteur, incontournable groupe de presse du bâtiment. Remarquons que cette architecte multiprimée (y compris d'une légion d'honneur) est l'épouse de Jacques Lucan, critique reconnu dans le milieu pour ses positions néo-modernes confirmées et surtout ses attaches avec le groupe du *Moniteur* ; signalons également que celui-ci a été souvent membre de jurys ou consulté en vue de leur composition. Pour avoir dénoncé à l'époque cette proximité, je me suis heurté, dans le petit milieu des architectes, à une levée de boucliers, une fureur terrible, vite dégonflée tout de même, car les poses sont plus fréquentes que les positions.

Cette anecdote est toutefois révélatrice de ce qu'**un jeune architecte, c'est souvent… un « quadra bien tassé »**, voire un quinquagénaire qui décroche sa première commande. De même que la grande presse a tendance à nommer « jeune des cités » n'importe quel type accusé d'y avoir incendié une voiture (qu'il ait 15 ou 37 ans), il en va un peu de même pour les architectes, au point qu'on se demande s'il n'y aurait pas là comme une parenté dans le déclassement social. L'architecte est à sa manière un « jeune des cités ». Dans cette profession, rarissimes sont les élus, jeunes diplômés plus encore. Les exceptions y sont, par définition…, exceptionnelles, y compris dans la carrière de celui qui en bénéficie. L'ordinaire, c'est plutôt un gros concours, un coup génial… et puis plus rien.

Cette anecdote est encore symptomatique de la façon

dont cette profession, mise au ban de l'intérêt public, tend à s'autocongratuler. Tout un système de prix l'irrigue, et chaque récompense est comme un indice de la pénétration ou du recul de telle ou telle coterie, de telle ou telle tendance. Depuis quelques années, le refus d'un choix clair entre une architecture classique et son *alter ego* moderne, autrement dit entre le sempiternel « néo-moderne » (la Maison européenne de la photographie, à Paris, de Yves Lion) et l'expressionnisme technologique (telle la Fondation Cartier de Jean Nouvel) ou formel (la Cité de la musique de Christian de Portzamparc, le Centre culturel de Drancy de Jean-Louis Godivier), se retrouve dans le subtil balancement qui prévaut aux remises des grands prix que décerne le ministère de la Culture. Tout semble calculé pour que le Grand Prix national d'architecture (censé honorer un travail d'architecte) annule en quelque sorte le Grand Prix national de l'art urbain (censé honorer, lui, un travail d'urbaniste). Un partout et la balle au centre.

La même année, Christian Devillers, architecte néo-moderne assez sage, ex de l'AUA, la charismatique agence de Chemetov, autrefois sise à Montreuil, est lauréat du Grand Prix national de l'art urbain. Comme pour contrebalancer ce choix, le Prix national d'architecture est, lui, remis à Jacques Hondelatte, architecte bordelais, excellent professeur mais maître d'œuvre sulfureux, plus habitué à choquer qu'à convaincre. Sa première commande bordelaise *intra muros* est l'extension d'un internat qu'il capote de glissières d'autoroute. La population plutôt conservatrice le prend mal et Hondelatte s'en félicite, tenant là, et tout à la fois, un discours élitiste et tout de gourmandise désespérée. L'année suivante, re-belote. L'urbanisme sacre Nathan Starckman, alors le très puissant patron de l'APUR (Atelier parisien d'urbanisme), à qui l'on doit tous les schémas de ZAC de la capitale et en particulier le redéploiement de l'Est de Paris. Les associations de quartier montent au créneau, fulminent : trop tard. D'autant que l'architecture consacre, elle, Massimiliano Fuksas, architecte high-tech expressionniste et expérimental s'il en est. Gratifications alternées, ces récompenses, expressions d'une apparente ouverture d'esprit, tentent de contenir en vérité l'inexorable montée d'une architecture plus à la mesure de son époque que celle défendue traditionnellement par les néo-modernes. L'anachronisme que révèle encore ce 50-50, c'est l'écrasante présence, en France, d'un courant corbuséen rigide et pseudo-social, courant qui continue d'honorer, *via* Christian Devillers ou Nathan Starckman, un type d'architecture et d'urbanisme honni par le public.

Une profession pieds et poings liés

La guérilla des entreprises

Tenir un projet, ne pas l'avilir, ne pas le dénaturer, voilà sans doute le plus difficile. Pour tout dire, remporter un concours ce n'est rien ; les soucis viennent ensuite. Pour des raisons structurelles et pour obtenir les marchés, les entreprises proposent aujourd'hui des devis ouvertement sous-estimés. Cette pratique leur est insidieusement dictée par un Code des marchés français qui comporte une véritable aberration : il impose au maître d'ouvrage de confier le chantier à l'entreprise la « moins disante », c'est-à-dire la moins chère. Conséquence, et souvent pour éviter sa propre mise en faillite, l'entreprise retenue s'arrange pour qu'ensuite et sur le chantier le coût de son intervention soit réévalué à la hausse. Dans le secteur du bâtiment, les prix sont tirés au maximum, et Bouygues par exemple ne réalise que 1 % de marge sur le BTP (contre 7 % sur le téléphone). Pour justifier cette réévaluation, une entreprise n'a que trois moyens : invoquer des travaux supplémentaires ; justifier d'une prestation imprévue due par exemple à un affaissement de terrain ou une tempête... ; ou bien encore prendre argument d'une durée de chantier supérieure aux prévisions. Conséquence : les entreprises, encore inaptes à déclencher des raz de marée ou des tremblements de terre, font tout pour contester plutôt les choix architecturaux. Tout est bon pour aboutir à une modification du projet afin de justifier un surcoût. Tel devis signé avec tel type de fondations ou de porte-à-faux, jugé parfaitement valable lors de la signature, est soudain remis en cause. La solution technique apparaît dangereuse et nécessite des modifications. Il va falloir ajouter des piliers, user de contreventements ou, à l'inverse, diminuer la taille des portées ou des poteaux afin de réaliser des économies de matière. Le combat est incessant. Si tout se règle ainsi sur le chantier, c'est qu'à la différence de l'industrie tout édifice reste un prototype. Celui qu'on réalise est toujours celui qu'on livre. Pas d'essai, pas de droit à l'erreur. Conséquence encore : les entreprises font tout pour n'avoir à construire que des bâtiments simples dont elles connaissent déjà tout.

A cette volonté constante, il faut ajouter encore les conséquences de quelques plaies modernes. Ainsi, les années 70 virent éclore quantité de façades en carreaux de céramique. On s'imaginait que ce style « bain douche » faciliterait le nettoyage des immeubles salis par la pollution ambiante. On s'en est lassé, mais cette aspiration hygiéniste, dictée par la rentabilité, se retrouve aujourd'hui dans l'aménagement de la ligne de transport Meteor. Tout y est pensé pour lutter contre le tag.

Rien d'exaltant donc dans des aménagements « profil bas » où l'on fait la chasse à la moindre aspérité. Ce qui fait le succès de Dominique Perrault d'ailleurs tient en grande partie à la systématisation de son architecture. Quelques éléments simples, non tarabiscotés, répétés à l'infini, voilà de quoi rassurer des entreprises. Ainsi, et bien que non « néo-moderne », Perrault a l'avantage d'être carré et de paraître plus contemporain qu'un disciple de Le Corbusier, c'est le gendre parfait. Véritable réincarnation des Trente Glorieuses (1945-1975), il produit une architecture lisse qui s'édifie en ligne. La période, interrompue par le choc pétrolier de 1973, est restée célèbre pour l'usage inconsidéré qu'on y fit du chemin de grue au long duquel on édifiait du logement social au kilomètre.

C'était le bon temps ! Et beaucoup le regrettent, toujours méfiants vis-à-vis de tout projet un tant soit peu expérimental. S'engage ainsi et en permanence un bras de fer sur le chantier. D'autant que la loi MOP a fixé une échelle d'honoraires correspondant à la complexité des projets. Plus ceux-là sont difficiles, plus le pourcentage des honoraires de l'architecte augmente. On conçoit qu'il y ait là une incitation à innover. Seulement, dans le même temps, la loi impose la diminution du pourcentage des honoraires à mesure que le coût du chantier augmente. Un architecte pourra toucher 20 % du montant global des travaux d'une villa, mais seulement 2 à 3 % du coût d'un énorme chantier, comme par exemple celui de la Bibliothèque de France (7 milliards de francs). Loin de revenir en totalité à l'architecte, ce montant est partagé entre la maîtrise d'œuvre au sens large, l'architecte bien sûr, mais aussi tous les bureaux d'études.

Problème : plus les indices du coût de la construction augmentent, plus le montant global du chantier grimpe. Conséquence mécanique : le pourcentage de référence diminue. Ainsi, d'année en année, et pour un même projet, les architectes sont-ils de plus en plus mal payés. Ceux-ci sont donc incités à jouer sur la complexité du bâtiment pour compenser cette baisse technique, ce qui n'est pas du tout du goût des entreprises.

Claude Vasconi a obtenu 12 % d'honoraires sur le palais de justice de Grenoble. Encore fallait-il qu'il ait les reins solides pour mener à bien des études techniques particulièrement corsées.

Dans de nombreux cas, les architectes en sont réduits à s'effacer devant des bureaux d'études qui maîtrisent mieux qu'eux les calculs pointus. C'est dans ce rapport de force multidirectionnel que tout se joue. Et le jeu est viril. Difficile alors, quand on est architecte un peu rêveur et utopiste d'arriver à se sortir des rapports de force qu'induisent les recours des entreprises, bardées qu'elles sont, par ailleurs, de juristes et de services contentieux.

Les architectes l'ont compris. Eux aussi s'adjoignent les services de spécialistes. 5 % des honoraires récoltés pour l'édification du Parlement européen de Strasbourg ont servi à payer un avocat, déclare-t-on chez Architecture Studio. **L'architecture est un monde où l'on passe beaucoup de temps à répondre aux lettres expédiées en recommandé**. Conséquence : dans cette guerre entre l'architecte visionnaire et les entreprises bien décidées à prouver ses fautes, c'est souvent l'architecture de qualité qui se trouve laminée. L'architecte y perd ses illusions et sa santé. En Allemagne ou en Suisse, cette règle du « moins disant » n'existe pas. On choisit la « mieux disante », et cela se répercute sur la qualité de ce qui s'y construit ; la maintenance des bâtiments en est assurée d'autant. Il ne faut donc pas s'étonner de voir en France quantité de bâtiments aux façades gainées de filets de protection

– Opéra Bastille, Arche de la Défense… –, ce sont là les conséquences d'une réalisation au moindre coût. Osons dire que bien souvent l'architecte est, comme l'utilisateur ou le piéton, la victime d'entreprises elles-mêmes victimes d'un mode de sélection qui tire les prix jusqu'à l'effondrement.

C'est un autre problème français que cette incapacité qu'ont nos maîtres d'ouvrage, et partant bon nombre d'architectes, de penser l'avenir de leurs bâtiments. Certes, il existe en France une garantie décennale qui rend l'architecte responsable de tous les défauts structurels qui pourraient se faire jour dans son bâtiment. Cela mis à part, rien n'est prévu dans les études de coût préalables pour que le bâtiment soit assuré du suivi qui le maintiendra en forme. On sait les déboires auxquels ont été confrontés certains clients de Jean Nouvel : Jean-Marie Amat, le restaurateur hôtelier bordelais ; d'autres à Nemausus à Nîmes ; sans parler des problèmes rencontrés à la Fondation Cartier à Paris. Sur ce plan, le partage des responsabilités entre les ingénieurs, les entreprises et l'architecte est sujet à débats d'experts. Quoi qu'il en soit, la puissance de l'architecture de Jean Nouvel lui assure toujours de nouveaux clients, et quand ceux-ci sont de qualité, c'est-à-dire quand ils échappent justement au travers français du « après moi le déluge », le résultat est remarquable tant dans sa forme que dans sa finition ; il suffit de voir l'exceptionnelle qualité du complexe édifié par lui à

Lucerne (Suisse) pour saisir que le problème français est souvent celui de la maîtrise d'ouvrage.

A ces divers problèmes s'en ajoute un autre. Pour ne pas se retrouver dans une situation de mise en péril, due justement à l'acceptation d'un devis sous-estimé par rapport au coût du chantier, de nombreux appels d'offre s'étirent dans la durée. Les entreprises hésitent à fournir des prix qui risqueraient de se trouver désavoués par l'évolution des indices du bâtiment. Dans ces conditions, les architectes appelés à concourir se trouvent dans l'obligation de patienter en espérant voir leur projet se débloquer un jour. Pendant ce temps-là, le maître d'ouvrage leur réclame mille modifications et retouches, le tout évidemment sans compensations financières. L'architecte corvéable est étranglé.

Un juridisme étrangleur

Ces dernières années, le ministère de la Justice a impulsé la construction de nombreux TGI (tribunal de grande instance) et palais de justice. En matière d'architecture, ces différents concours ont abouti à la réalisation de bâtiments de styles divers, du pire au meilleur. Brutaliste à Lyon (Yves Lion), médiocre à Caen (Architecture Studio), étrange à Grasse (Portzamparc), carcéral à Nantes (Jean Nouvel), stupéfiant, bien que cette opinion ne fasse pas l'unanimité, à Bordeaux (Richard Rogers) ; pour une fois, la panoplie des styles est largement représentée.

L'édification du TGI de Bordeaux est un bon cas d'école. Lors d'un premier concours, c'est l'architecte local Jacques Hondelatte qui avait été désigné. Une nouvelle compétition avait toutefois été organisée après que le premier jugement eut été déjugé par le ministère de la Justice, remportée cette fois par Richard Rogers (coauteur avec Renzo Piano du Centre Georges-Pompidou). Le concours se concrétise : le bâtiment est construit. Stupéfaction ! A deux pas du centre historique, au ras d'un bâtiment classé, l'architecte anglo-saxon a réussi à édifier un bâtiment ultra-contemporain. En matière d'esthétique, les avis se valent, certains le trouvent épouvantable, insultant pour les justiciables comme pour les magistrats, d'autres le jugent remarquable de puissance et d'humour. Quoi qu'il en soit, il prouve qu'**en France aussi, quand on le veut, on peut construire du contemporain en site sensible**. Preuve par l'absurde, l'architecte des Bâtiments de France, Jean-Pierre Errarth, passionné du XVIIIe siècle, qui fut de fait dessaisi du dossier du TGI, impose finalement sa loi sur un petit bâtiment d'angle situé, cette fois, cent mètres plus près du centre historique. Il corrige la copie de Richard Rogers. Résultat : un pastiche sans aucune qualité.

Conclusion, la dictature des ABF (Architectes des bâtiments de France), qui devraient désormais s'appeler AUE (Architectes et Urbanistes de l'État), corps de professionnels créé en 1943 et appelé à superviser toute édification située à moins de 500 mètres d'un édifice classé, se desserre quelquefois, pour le plus grand bien de tous. C'est une chance, car la France meurt de ces règlements qui imposent ici des tuiles canal, là des enduits pâles et des volets roulants, contraintes qui interdisent telle toiture plate, tel matériau ou menuiserie de fenêtre, au nom d'un régionalisme niveleur et décalé (voir p. 152).

Deux causes idéologiques

Une formation inadaptée

Concours, magouilles, pressions, clans..., assurément si le monde de l'architecture est opaque, ses conséquences, elles, sont bien visibles. Elles s'offrent à nos regards et récoltent leurs brassées de jugements sévères et d'anathèmes. Même excessifs, ceux-ci sont souvent justifiés, et l'on aurait tort de dédouaner les architectes des erreurs et des errements qui caractérisent leur production. En matière d'architecture, il en va comme en politique, les actes contredisent les discours, le réel dément chaque jour les professions de foi. L'architecture n'échappe pas à l'idéologie française qui professe l'égalité sociale mais conserve partout des traits de monarchie. L'élite aime à faire peuple. Elle n'en est pas à un paradoxe près ; en France, l'oxymoron est une seconde nature. Roland Castro, qui caressa un instant l'espoir vain d'être candidat à la Mairie de Paris (il fut autrefois, paraît-il, ministrable une quinzaine de jours, du moins s'en vante-t-il), ne promettait-il pas à tous des « utopies concrètes » ?

De ce flou artistique et si bien porté en ville, l'enseignement de l'architecture offre un exemple pathétique. L'attitude élitiste s'y nourrit non pas d'un propos sur l'exception mais d'un éloge constant et maladif de la modestie. Le corpus républicain, égalitaire, s'y déploie dans toutes ses contradictions. **Et pourtant, ce qu'on enseigne c'est l'idéologie du « génie ou rien »**. En France, l'image de l'architecte démiurge, solitaire et génial est à peu près la seule qui soit transmise et martelée. L'image de l'architecte bâtisseur avant tout. Or, rappelons-le, si les constructions neuves représentent 68,4 % de l'activité des architectes, celle-ci est constituée pour 31,6 % de travaux de réhabilitation. Naturellement, tout étudiant rêve d'être un jour un Le Corbusier, un Louis Kahn et, depuis quelques années, un Frank Gehry, un Rem Koolhaas ou un Toyo Ito. On ne peut reprocher à l'enseignement de donner de l'ambition à ceux qu'il forme ; cette hypertrophie mégalomaniaque a d'excellents aspects : dépassement de soi et lyrisme créatif. Mais le revers de la médaille est aveuglant : mépris de l'opinion publique, incapacité bien souvent à nouer le dialogue et à communiquer, à agir autrement qu'en artiste dégagé de toute obligation sociale, promotion encore de l'architecture-objet, de l'architecture-sculpture.

On s'offusque parfois de ce que nos architectes n'intègrent pas les administrations, collectivités et autres organismes étatiques, comme cela se fait en Grande-Bretagne ; seulement voilà, non seulement nos administrations n'en veulent pas, mais, plus encore, nos étudiants en architecture ne sont pas formés pour cela. On peut plaider pour une plus grande fonctionnarisation des architectes (ils ne sont actuellement que 3,3 %), rien ne les y pousse. Conséquence : devant cette absence de candidatures spontanées, les agences d'urbanisme au service des municipalités sont loin de recruter le gratin des professions d'architecte et d'urbaniste. Dans ce registre, la sécurité de l'emploi ne s'accorde pas toujours avec l'audace, et les villes le paient souvent en médiocrité.

Autre paradoxe, **cette promotion du geste lyrique est assurée dans un univers à la Zola**. Pour se faire une idée de la condition des 19 000 étudiants français (1 % du total national), il faut voir l'état de sinistrose qui gangrène leur milieu et l'incroyable vétusté de leurs locaux d'enseignement. L'annexe de l'unité pédagogique Paris-Villemin, rue de Frémicourt, dans le XVe arrondissement, vaut tous les discours ; c'est un ersatz de CES Édouard-Pailleron : une horreur ! L'école d'architecture de Paris-la Villette, rue de Flandre, dans le XIXe, où chaque étudiant dispose d'1,3 mètre carré d'espace propre, ne vaut pas mieux. Le budget affecté aux écoles d'architecture est si faible qu'il ne permet pas d'y inviter des professeurs étrangers, comme cela se fait ailleurs justement. Si le système des *visiting professors* en usage en Grande-Bretagne, en Amérique du Nord, comme en Autriche, permet à quelques grands noms français d'aller exporter leur bonne parole, la réciproque est quasi impossible. Même à l'École spéciale d'architecture du boulevard Raspail, à Paris, école privée pourtant, Christian de Portzamparc, son directeur, n'a pas réussi à faire venir son ami Steven Holl pour qu'il donne des conférences, ne serait-ce que pendant une semaine. A titre de comparaison, on rappellera que l'État débourse 150 000 francs par an pour un élève d'une école d'ingénieurs et 38 000 francs pour un étudiant en architecture.

Un misérabilisme revendiqué

Cette pauvreté omniprésente, le corps enseignant l'a lui-même entretenue par son attitude et ses discours politico-ringards. Formé aux brasiers de Mai 68, composé d'ex-gauchistes ou compagnons de route du Parti communiste et des luttes tiers-mondistes, ce corps professoral s'est fait une religion d'une architecture au service non pas du peuple mais d'un concept qui l'envelopperait : le « social ». Ainsi, et tandis que d'un côté on encense l'architecte génial, de l'autre on plaide pour une architecture pauvre ou plus exactement une architecture pour les pauvres, dénuée de tout effet de mode, uniquement là pour accompagner l'emboîtage volumétrique du *vulgum pecus*. On est en droit de penser que cette attitude de modestie, si bien élevée au rang de valeur morale, n'a servi durant des années qu'à masquer une assez grande faiblesse formelle chez des architectes qui bétonnaient la banlieue : Paul Chemetov, Henri Ciriani, Christian Devillers, Édith Girard, Bernard Paurd, Georges Maurios..., pour ne citer que les meilleurs et les plus connus. Des légions d'autres architectes quasi anonymes se sont emparés de la bannière « modeste » pour défigurer le paysage. Cela est d'autant plus regrettable que ces architectes, chantres du social, ont su prouver, quand ils sortaient justement de ce parcours obligé, toutes leurs qualités plastiques. Paul Chemetov et Borja Huidobro à la « Galerie de l'évolution du Jardin des Plantes », comme Henri Ciriani à l'« Historial de la Grande Guerre » à Péronne ont signé de très beaux bâtiments ; comme quoi, ceux qui professent que seul compte le logement social ont prouvé qu'il n'en était rien, qu'ils ne connaissaient pas grand-chose à cette question, ressassée au point de ne plus la voir.

Dans cette optique, le choix récent de l'architecte Vittorio Gregotti pour réaménager la salle Favart à Paris (l'Opéra-Comique) est moins angoissant qu'il n'y paraît. Certes, l'architecte est l'auteur d'aberrations urbaines considérables. Il suffit de parcourir (en voiture, car à pied c'est trop dangereux) le quartier ZEN (zone d'édification du Nord) de Palerme pour saisir ce que modernité plus banlieue dure peuvent produire de violence[5]. Qu'il ait été désigné (la présence au sein du jury de Jean-Louis Cohen, grand défenseur du style néo-moderne devant l'Éternel, l'explique en partie) est peut-être une bonne chose. Comme on l'a dit, certains architectes, qui se croyaient propriétaires du logement social, ont agréablement surpris dans des opérations de réhabilitation ou de construction d'équipements publics. La salle Favart ne sera pas forcément transformée en Opéra tragique.

Il faut croire que l'idéologie leur importait plus que l'expérimentation, car toute leur fausse modestie n'a servi qu'à la légitimation paupérisante d'un discours qui désignait sans cesse et toujours la classe ouvrière comme triste, grise, exploitée, éreintée, misérable. En somme, tous ces architectes ont construit le décor qui convenait au discours qu'ils concevaient et même souhaitaient immuable ; une « reproduction » dans la lignée des positions du sociologue Pierre Bourdieu, arrimé à son opposition primaire de « dominants/dominés ». Seulement voilà, quand la classe ouvrière s'est raréfiée, quand les pauvres se sont embourgeoisés, quand tout le monde ou presque a eu sa bagnole, quand les SDF ont pris possession des halls d'immeuble, il a bien fallu réviser le discours et admettre que ce qui était autrefois de l'architecture « peuple » était devenu du néo-corbu-

5. Pour une description croustillante d'une balade en compagnie de la police dans le quartier ZEN, je renverrai à mon ouvrage *La Vie blindée. Seul contre la mafia*, Éd. du Seuil, 1992.

sianisme chic, et les banlieues rouges édifiées avec volontarisme social... simplement des cités sordides. Aujourd'hui, après avoir des décennies durant assené que seul comptait le « logement social », laboratoire de l'architecture, le bilan est désolant. Et d'autant plus que cette notion de laboratoire ne pouvait que suggérer à ceux qu'elle concernait directement, tous locataires de ces grands ensembles si souvent nommés « cages à lapins », qu'ils en seraient les cobayes.

De cette attitude qui a consisté à extirper de l'architecture du logement toute notion de plaisir, lui substituant des discours dogmatiques et moralisateurs, ce qu'on pourrait appeler un « catéchisme de gauche », la loi Gayssot porte encore la marque. Cette disposition légale vise à imposer un quota de 20 % de logements HLM par commune. On comprendra qu'elle ait suscité quelques tumultes. Certains maires de villes plutôt nanties ont eu beau jeu de dénoncer les deux effets pervers de cette loi. D'abord, la disparition des derniers terrains libres (mais combien de ces terrains ont été cédés par le passé, et continuent de l'être, à une promotion immobilière lamentable ?) ; ensuite et surtout, l'obligation d'avoir au cœur des villes des « cités », autrement dit une architecture criminogène. Même si l'excès est discernable dans cette levée de boucliers, il n'en reste pas moins qu'on peut craindre un accroissement des phénomènes d'insécurité, non pas par saupoudrage de pauvres chez les riches mais par manquement à l'architecture. A l'évidence, cette loi aurait dû

Ensemble de logements édifié par Jean Renaudie à Ivry-sur-Seine.

comporter un volet portant obligation de respecter une charte de qualité. Imposer des normes de logement social qui le rendent décent, voilà déjà qui aurait eu un impact.

Hélas, en France, et depuis bien longtemps, le logement social n'est pas le lieu d'expérimentation et de recherche qu'il a prétendu être. De fait, le logement collectif ne représente que 27 % de l'activité des architectes (les bureaux et commerces 17 %, les maisons individuelles 14 % et les bâtiments de l'enseignement 12,5 %). Plus sévère encore, l'architecte Claude Parent n'hésite pas à dire que, pour lui, « le logement social, c'était la réduction à l'extrême d'ex-normes bourgeoises ». Hormis les réalisations stupéfiantes de Jean Renaudie à Ivry-sur-Seine et à Givors, communes où il édifia des quartiers entiers de logements proliférants en triangles décalés les uns par rapport aux autres, ménageant des terrasses à tous les étages et une architecture de béton unique, à part sans doute encore les grands ensembles d'habitation de Le Corbusier, la qualité des constructions sociales laisse à désirer.

Encore faut-il être prudent avec l'œuvre de Le Corbusier. L'ensemble de Firminy, près de Saint-Étienne, est en partie vide de tout occupant. La maternelle sur le toit ne fonctionne plus pour des raisons discutables de règlement de sécurité, mais aussi par manque d'élèves. C'était assurément une hérésie que de vouloir installer en plein ciel des paysans tout juste arrachés à leur terre. Conséquence : le paquebot est à demi abandonné quand les tours et les barres qui l'environnent, et dont la médiocrité est patente, sont pleines à craquer, repeinturlurées de frais.

En somme, seules quelques rares exceptions, dues toujours à la rencontre d'un architecte de talent et d'un maître d'ouvrage du même métal, ont su préserver le logement social d'une médiocrité avérée. Résultat, et dans l'état de la loi Gayssot, le pire reste à craindre. Certes, nous n'aurons pas demain des barres et des tours, mais du faux vernaculaire, du pastiche à bas prix dont la dégradation rapide ne fera que renforcer le caractère piteusement bas de gamme du logement collectif pour défavorisés. Encore la première assertion doit-elle être mesurée. Quand on affirme que, fort d'une expérience en partie désastreuse héritée des années 50, l'avenir ne saurait nous faire revivre le déferlement des barres et des tours que l'on abomine aujourd'hui, peut-être prend-on ses désirs pour des certitudes. Car ce que l'on enseigne aux étudiants sous l'appellation de « pièce urbaine », chez Henri Ciriani par exemple, ce gourou des néo-modernes, n'est-ce pas à peu de chose près la même chose ? Et quand Rem Koolhaas, mi-convaincu mi-provo, auteur de la célèbre formule « *Fuck the context* », se fait le zélateur d'un urbanisme sur dalle, n'est-on pas de nouveau dans l'euphorie (outrée et forcément cynique) des années 60 ? Le ventre est encore fécond.

Dès lors, il ne faut pas s'étonner que le reproche le plus fréquent adressé aux architectes soit celui de leur refus d'habiter dans ce qu'ils construisent. Catherine Tasca, ministre de la Culture, le formulait encore chez Bernard Pivot sur France 2 en juin 2000. A l'évidence, elle trouvait là ces accents populistes qui savent susciter l'immédiate adhésion des téléspectateurs. On aura compris que cette remarque acerbe dissimule dans sa rouerie comme un appel au meurtre, à la pendaison.

Disons alors, pour commencer, qu'elle est injuste. Un certain nombre de nos maîtres d'œuvre ont choisi justement de s'isoler en leurs murs. Paul Chemetov, Patrick Chavane, Claude Parent, Ricardo Bofill, Richard Rogers et beaucoup d'autres vivent dans ce qu'ils ont édifié... Et la liste n'est pas si courte que cela. Faut-il pour autant s'en réjouir ? En vérité, ce qui fait l'essence même du métier d'architecte, c'est la capacité d'étouffer son ego. L'architecte doit oublier ses propres inclinations pour traduire les désirs de son client. En ce sens, on peut juger comme réussie une architecture qui ne sied pas à son créateur, une architecture dans laquelle il ne vivrait pour rien au monde. Cela dit, cette remarque tient-elle devant les clapiers des grands ensembles ? Certes, non. En vérité, c'est sur le logement social que porte la critique formulée par Catherine Tasca et tant d'autres. Le trop grand investissement réalisé par les architectes dans ce secteur précis leur vaut aujourd'hui de passer pour responsables de l'effondrement des cités-ghettos. L'attitude de Jean Renaudie n'en fut que plus exemplaire, lui qui vécut au sommet des immeubles qu'il avait édifiés à Ivry. Il accepta ainsi la contrainte d'être appelé au secours ou vilipendé à la moindre fuite survenant ici ou là. Dans le registre du logement social, il fait assurément figure d'exception. CQFD.

Une discipline introuvable, inexplicable

Le patrimoine plutôt que l'architecture

En 1995, on pouvait lire dans le programme du Front national ces réflexions de haute volée : « L'architecture française a été marquée par la volonté de faire laid… les architectes en sont arrivés à supprimer les places, les rues et les façades… » Et plus loin : « L'architecture doit redonner au décor toute la place qui est la sienne. » Mis à part le caractère « *X-Files* » de la disparition des rues et des façades, la référence au décor comme source d'inspiration de souche pourrait trouver, *via* régionalisme et manque de courage, un écho destructeur. De fait, le Front national sait bien qu'une véritable haine de l'architecture moderne parcourt l'opinion. Pour la plupart, les Français pensent que les destructions de maisons anciennes, de villages, de rues de quartier, bref l'anéantissement du « bon vieux temps » n'a débuté qu'avec l'apparition des Le Corbusier et consorts. Ils oublient que la prise en compte du patrimoine n'est qu'un phénomène récent. La liste Mérimée, première démarche de recensement des trésors nationaux, ne date que de 1832, et il a fallu la Révolution française pour que l'on cessât de démanteler les demeures de qualité pour en réutiliser les matériaux. Si la France est aujourd'hui une terre patrimoniale, sol où moult réseaux se livrent d'âpres luttes pour capter la manne budgétaire de la Culture, c'est seulement depuis peu.

En l'an 2000, les « Journées du Patrimoine » avaient décidé, enfin, de se pencher sur les trésors de notre architecture contemporaine. Sur les 40 000 édifices inscrits à l'Inventaire des monuments historiques, ou classés comme tels, seuls 1 400, soit 2,5 %, datent du XXe siècle. Il y a tout juste trente ans, nul ne l'a oublié, on détruisait les Halles de Paris. A cette époque d'ailleurs, on ne protégeait rien qui ait été construit après la Révolution. Prenant acte de tous nos trésors, de l'église Sainte-Bernadette de Nevers (de Paul Virilio et Claude Parent) à la tour édifiée par Perret à Amiens, en passant par les gratte-ciel de Villeurbanne et le Centre Georges-Pompidou, la direction de l'Architecture a finalement accouché d'un « Label XXe ». Il ne concerne encore que quelques centaines de bâtiments et n'a aucune force coercitive. Ce n'est donc qu'un outil de sensibilisation, autrement dit bien peu de chose dans un pays où, redisons-le, le public considère l'entretien et la restauration des bâtiments qui le méritent comme relevant, pour l'essentiel, du domaine de l'État. Aussi, et quel que soit le mérite qu'on puisse trouver à ce label, premier pas vers une prise de conscience nationale, la vieille et triste opposition entre création et patrimoine continue de signifier pour beaucoup une opposition résolue entre l'architecture et le patrimoine. Bref, construire ce serait forcément détruire le passé. Hors la préservation, point de salut pour la ville et le bâti. Cette attitude est non seulement néfaste à l'architecture mais encore et surtout en décalage total avec les tendances qui s'y manifestent.

Tous les experts s'accordent aujourd'hui sur le fait que, désormais, la restauration et les changements d'affectation de tel ou tel bâtiment vont se multiplier. Nombre d'édifices anciens devraient, dans les années à venir, accueillir d'autres usages. Tels les abattoirs de Toulouse (1837) transformés en 2000 en musée, comme hier la Grande Halle de la Villette à Paris, comme encore la Manufacture des tabacs d'Issy-les-Moulineaux qui abritent aujourd'hui entreprises et logements, telles les anciennes Biscuiteries LU à Nantes, transformées en un « Lieu Unique » de spectacles par Patrick Bouchain, tel encore l'ancien Casino de Pau devenu Centre de congrès. On ne compte plus les immeubles de bureaux reconvertis déjà en logements ou en hôtels, d'autres architectures demain subiront ces liftings qui devraient leur redonner vie. Il y a donc un terrain propice à la réunion du patrimonial et du contemporain ; la querelle ancestrale du classique et du moderne est décidément bien démodée. Hélas, l'aveuglement est, lui, de toutes les modes.

L'architecture écartelée entre les ministères

En veut-on un exemple? La mise en place, au sein du ministère de la Culture, d'une sous-division particulière, dédiée au patrimoine et confiée au secrétaire d'État Michel Dufour, a non seulement nié ce nouvel état de fait mais, encore et surtout, réactualisé à merveille la condition faite à l'architecture par les gouvernements successifs : une errance. Les professionnels de l'architecture ont appris depuis longtemps à valdinguer d'un ministre de tutelle à l'autre, et le processus s'est accéléré sous la Ve République.

A l'origine, François Guizot instaura le service des Monuments historiques (MH). Il en confia la charge à Prosper Mérimée en 1830. A l'époque, ce service était rattaché à l'Éducation nationale. En 1959, il passa au ministère de la Culture nouvellement créé par André Malraux. Une direction de l'Architecture y est alors créée, mais elle demeure chapeautée par le service des MH. En 1978, c'est toute l'architecture cette fois qui passe en bloc au ministère de l'Environnement. Trois ans plus tard, la voici à l'Équipement, mais les Monuments historiques restent eux... à la Culture ! Grande première toutefois, cette réforme associe enfin l'architecture à l'urbanisme au sein de la DAU [6]. Le mouve-

6. Ce qui rend l'univers de l'architecture rébarbatif, c'est aussi la prolifération des sigles : SDAU, ZAC, POS, ZUP, véritable expectoration de miasmes.

ment de balancier n'en faiblit pas pour autant. Dix ans plus tard, Philippe Douste-Blazy récupère l'architecture à la Culture et la remet entre les mains de François Barré, qui fusionne les directions de l'Architecture et du Patrimoine. La création du secrétariat au Patrimoine et à la Décentralisation culturelle met donc à mal la laborieuse réunion au sein du ministère de la Culture des directions de l'Architecture et du Patrimoine. C'était pourtant le cheval de bataille de François Barré, ex-directeur de la DAPA, bien décidé à fusionner deux entités parfois opposées. L'ancien et le nouveau réunis, c'était encore une stratégie pour donner préséance à l'architecture et donc à la modernité. Une subtile façon de faire glisser les deniers du Patrimoine vers l'Architecture toujours exsangue. Las, voici que l'édifice est non pas démantelé mais pour le moins fragilisé.

On le voit, de remaniement en bouleversement, l'architecture est ballottée comme un poids mort. Ses va-et-vient constants expriment par l'absurde toute sa complexité. Oui, l'architecture couvre bien un domaine dont on ne sait pas exactement s'il se rattache aux arts, à la technique, à la ville, au logement, aux travaux publics. Sans doute sa richesse provient-elle justement d'être un peu tout cela à la fois, mais elle le paie trop cher. Quel peut être le bon ministre de tutelle d'une profession qui oscille entre les tonnes de mètres cubes de béton et les vernissages de galerie ?

L'enseignement de l'architecture est lui aussi soumis à cette errance forcée. Pour l'heure, il ne dépend toujours pas de l'Éducation nationale mais du ministère qui en a, temporairement, la charge. Les étudiants ont beau se plaindre de l'indigence de leur condition, rien ne change. La saga des équivalences entre l'université et le monde de l'architecture mériterait d'ailleurs un chapitre à part, car elle est... sans équivalent.

L'architecture, une discipline inexplicable

Sans doute faudrait-il que les architectes comme leurs représentants (direction de l'Architecture, ministère de la Culture...) s'agitent un peu pour permettre au plus grand nombre de mieux appréhender l'architecture. Il serait temps justement que le grand public saisisse l'architecture dans cette complexité décrite précédemment. Il faudrait penser une écologie urbaine qui pousserait les citadins à protéger leur ville comme les ruraux leur campagne, autrement dit qui leur ferait saisir que le meilleur engrais c'est encore l'utilité. **Une ville qui bouge est une ville qui vit ; une ville sous cloche sent vite le renfermé**. L'architecture se porterait d'autant mieux qu'elle serait soutenue par un public. Ah ! si les tendances architecturales mutaient en autant d'équipes de football, elles généreraient enfin leurs fanatiques. Hélas, si les foules se ruent au Stade de France, ce n'est pas pour le stade mais pour sa pelouse et les matches qui s'y déroulent, et les cohortes de touristes qui s'agglutinent aux portes des grandes expositions de peinture négligent avec conscience les hypothétiques accrochages d'architecture.

A vrai dire, qu'est-ce au juste qu'une exposition d'architecture ? Une collection de photographies, de maquettes réductrices, de plans incompréhensibles aux néophytes et parfois même aux initiés ? Qu'est-ce même qu'une collection d'architecture ? Des bâtiments acquis et démontés, puis remontés pierre par pierre, planche par planche, comme cela se fit à Bucarest, au Danemark, à New York ? C'est un fait, **si l'architecture est négligée, c'est qu'elle est frappée d'un paradoxe qui lui est inhérent : elle est partout et donc nulle part.** De même que nous ne prenons conscience de notre corps que lorsqu'il se manifeste par quelque dysfonctionnement, de même l'architecture ne nous apparaît-elle que lorsqu'elle se fait blessante. Sinon, tel un corps pétant de santé, nous l'occupons en toute insouciance. L'architecture est une enveloppe, une peau.

La meilleure façon d'exposer de l'architecture reste encore d'en ouvrir les portes, d'accueillir les publics dans du concret, de l'existant. Rien ne remplacera jamais la confrontation directe du corps et de l'architecture. Bref, une visite vaut toutes les cimaises. Oui, mais voilà, ce qu'on visite en France ce sont avant tout les châteaux, les manoirs, les églises, ce qui, soit dit en passant, contribue à les vider de leur substance, tant on sait que les dynamiques « Journées du Patrimoine » sont l'aubaine des cambrioleurs qui y font leurs repérages.

Il n'empêche, le Frac Centre d'Orléans, sous l'impulsion de Frédéric Migayrou et de Marie-Ange Brayer, s'est, le premier, lancé dans une politique d'acquisition d'œuvres majeures, maquettes de grands projets (tels les travaux d'études des Folies de Tschumi pour la Villette ou les maquettes de la Grande Bibliothèque de Dominique Perrault). Très vite, le Centre Georges-Pompidou, sentant qu'il était en train de louper le coche, s'est mis sur les rangs, cherchant à collecter des noms plutôt que des pièces essentielles. Fort de son prestige, le Centre a parfois monnayé des donations d'architectes contre la promesse, tenue, de les exposer dans le cadre du musée Beaubourg. Présenté comme un « musée d'Architecture », ce qu'il ne fut jamais, par Alain Guiheux, remercié depuis, Beaubourg, de par sa position académique, a monté des expositions et des cycles de conférences articulés sur de grands noms : de Portzamparc à Sottsass, en passant par Piano, bientôt Jean Nouvel et Philippe Starck. La rivalité entre Beaubourg et le Frac Centre n'a pas cessé et elle s'est même intensifiée depuis qu'un mouvement international de captation des œuvres signées par les grands architectes a jeté sur le marché quelques rabatteurs de choc, preuve que l'architecture, à défaut de public, ne manquait pas de collectionneurs. Désormais, le débat muséographique se poursuit dans les salles des ventes, et la bataille des acheteurs fait rage. Concrétisation de la qualité des actions menées par l'équipe d'Orléans, Frédéric Migayrou est devenu, en septembre dernier, le responsable du département d'architecture du Centre Georges-Pompidou.

Hors ces deux établissements armés d'une réelle politique d'acquisition, quatre lieux seulement se disputent la fonction sacerdotale de drainer l'architecture vers le public ; quatre lieux et quatre concepts que tout oppose ; quatre lieux aux positionnements si divers qu'ils traduisent autant de profondes querelles idéologiques. **Quand on souhaiterait qu'une saine émulation vienne dynamiser la scène architecturale, ce ne sont qu'anathèmes et dénigrements que l'on rencontre d'un lieu à l'autre.**

Le premier, c'est l'Institut français d'architecture (IFA), sis rue de Tournon, à Paris, dans le VIe arrondissement. Pendant des années, cette petite galerie installée dans un fort bel hôtel particulier a suscité le pire et le meilleur. Le pire, c'était des expositions où l'abscons le disputait au fouillis ; le meilleur, c'était son ouverture d'esprit. Jeunes architectes français ou étrangers, actualité des concours, polémiques..., dans le désert français de la critique, l'IFA remplissait toujours sa fonction de défrichage. Ballotté entre soutiens et critiques, il fut régulièrement accusé de ne donner la parole qu'aux stars et surtout de ne défendre qu'un clan, celui des architectes high-tech, « *new moderns* » (non corbuséens), expérimentaux, etc. L'IFA a prouvé qu'il était un lieu vivant. Pourtant, quand il a fallu nommer un président à sa tête, c'est Dominique Perrault qu'on est allé chercher (il a démissionné en février

2001). Il est vrai que l'architecte bénéficie d'une incontestable notoriété et que son style conceptuel, dénué de sensualité, séduit les technocrates. Séduire le public, c'est évidemment une tout autre paire de manches, mais dans ces nominations effectuées dans des alcôves de ministère, le public ne prend pas part au vote. Comment dans ces conditions pouvait-on imaginer que cet Institut français d'architecture, dont la vocation est, entre autres, d'assurer la diffusion de la création architecturale française, aurait pu attirer le grand public ? La nomination de son président était déjà une négation du rapport au public. Aujourd'hui, l'IFA est en *stand by*, promis à une intégration au sein de la future et hypothétique Cité de l'architecture et du patrimoine (voir plus bas). Ce mastodonte académique est déjà mis à mal par la bizarre et très politique nomination d'un secrétaire d'État au Patrimoine et à la Décentralisation culturelle (voir plus haut), ainsi que par la démission, fin août 2000, de son initiateur François Barré du poste de directeur de la DAPA (direction de l'Architecture et du Patrimoine).

Deuxième lieu incontournable : le Pavillon de l'Arsenal (métro Sully-Morland à Paris). Cette ancienne halle réhabilitée par les spécialistes du genre, Reichen et Robert (à qui l'on doit aussi le sauvetage de la Grande Halle de la Villette), est la vitrine de ce qui se construit dans la capitale. Devant la constance avec laquelle on y a exposé une tendance plus que toutes les autres – mais pas exclusivement, car trop c'est trop, et il a fallu mettre un peu d'eau high-tech dans le vin néo-moderne –, on ne peut que s'interroger : le Pavillon de l'Arsenal fait-il preuve de partialité en n'exposant principalement que des disciples de Le Corbusier ou bien ses expositions y reflètent-elles crûment ce qui s'édifie dans Paris, à savoir du béton au carré ? L'un et l'autre. D'abord parce que le Pavillon de l'Arsenal est dirigé depuis des lustres par Anne-José Arlot. Cette personnalité haute en couleur a des allures de sympathique cheftaine scout, ce qui pourrait passer pour une qualité dans un monde où les personnalités de haute volée se font rares. Détail, Anne-José Arlot est la nièce du président de la République, ce qui ne manque pas de conférer à ses entreprises une aura singulière. A-t-elle plus de pouvoir qu'on ne le croit, influe-t-elle sur les concours, le choix des architectes, les jurys ? En privé, on répond oui sans hésiter ; en public, on ne sait plus. Le pouvoir n'est-ce pas d'être craint ? De fait, Anne-José Arlot a le bras long et ce n'est pas pour rien qu'un certain nombre d'architectes, souvent sollicités pour être scénographes des expositions organisées à l'Arsenal, ou encore appelés sur divers concours parisiens, lui font comme une cour. Les dîners qui suivent un vernissage sont l'occasion d'une réunion amicale dans un restaurant du quartier (par exemple, « Le Square Trousseau ») et cela contribue à resserrer les liens autour du Pavillon et de son exécutif. Allégeance ou camaraderie ? Il règne à l'Arsenal comme un esprit « doge de Venise ». C'est une île-État puissante et semi-religieuse. Que les architectes cherchent à en être, quoi de plus normal ? C'est dans ces moments-là que se forgent les fidélités, que se négocient les affaires, et l'architecture n'échappe pas à ces lois universelles.

Le troisième lieu est atypique. D'abord par son nom : « Arc en rêve centre d'architecture », ensuite par sa localisation. Ce remarquable centre d'expositions et de conférences est installé à Bordeaux dans les superbes entrepôts Lainé, sauvés et restaurés par les architectes Valode et Pistre et Andrée Putman. S'il ne fallait qu'une preuve du succès de cette association bordelaise, ce serait le va-et-vient constant entre Paris et Bordeaux des journalistes spécialisés. Dirigé par Francine Fort, autre femme de caractère, Arc en rêve est un lieu de confrontations dynamique ainsi qu'un pôle de résistance à la capitale. Toutefois, depuis quelque temps, Arc en rêve semble engagé dans une dynamique de la surenchère. La dernière exposition « Mutations » (du 24 novembre 2000 au 24 mars 2001), vaste plongée dans l'avenir des villes, a donné lieu à un casting « star system » où l'on a vu côte à côte et pour 23 millions de francs (montant global officiel du coût de l'exposition) Rem Koolhaas et Jean Nouvel dans les rôles-titres de commissaire et scénographe. L'exposition a moins fait parler d'elle une fois inaugurée que durant sa mise en route très médiatiquement orchestrée. Même en province, on en fait parfois trop.

Au-delà de ces poids lourds de la communication architecturale, grosses machines souvent dénuées de public, quelques francs-tireurs s'agitent encore. La Fondation Cartier, boulevard Raspail, le Magasin à Grenoble ou bien encore l'espace Electra à Paris (passage Récamier). Tous s'arriment de temps à autre à une exposition d'architecture. C'est « branché » et pas trop cher.

En vérité, on aurait pu souhaiter qu'une prolifération de lieux d'expositions, de micro-espaces vienne amplifier un bien maigre effort de sensibilisation du public, ce qui, par effet boomerang, aurait pu, qui sait? rendre les architectes plus sensibles à l'opinion. Hélas! le projet de développement de la Cité de l'architecture et du patrimoine est venu plomber toutes ces espérances.

Un mastodonte en formation : la Cité de l'architecture et du patrimoine

Car pour sauver ce qui pouvait l'être encore d'une architecture en difficulté, les édiles se sont faits à l'idée que ce qui manquait en France, c'était un grand dessein pour l'architecture. Et voilà que s'est profilé à l'horizon 2001-2002 ce qui pourrait bien être la plus formidable erreur de programmation qu'on ait connue depuis longtemps dans ce secteur. Tandis que la société tout entière se tourne vers la fluidité, la virtualité, le développement en réseaux, voici qu'on nous refait le coup du centralisme, de la grosse machine, de la centrale nucléaire. L'expérience de la Bibliothèque de France, cénotaphe du livre mort, mais aussi de l'Hôpital européen Georges-

Pompidou et du porte-avions *Charles-de-Gaulle*, aurait dû inciter à plus de circonspection. Eh bien, non. Ainsi devrait s'épanouir (le conditionnel est de mise car l'affaire ne cesse de s'enliser) une Cité de l'architecture et du patrimoine, sise dans les bâtiments du palais de Chaillot. Une Cité qui regrouperait des services d'exposition, de promotion, de recherche, une bibliothèque, des lieux de débats. Bref, la totale. Pourtant, les critiques fusent. A-t-on vraiment besoin de renouer avec l'académisme d'un lieu unique, au coût de fonctionnement écrasant ? Est-ce une bonne idée que de lier l'architecture au patrimoine ? Et, surtout, pourra-t-on espérer que la modernité, l'innovation, l'expérimentation fleurissent dans un lieu aussi lourd et classique que le palais de Chaillot ? Une architecture pour demain, participative, multiforme, débridée, humanitaire, caritative... peut-elle jaillir au cœur du musée des Monuments français, espace poussiéreux s'il en est ?

En vérité, cette fois encore notre complexe national d'infériorité/supériorité joue à plein. Il existe, en Europe, un organisme de référence, l'Institut d'architecture des Pays-Bas (NAI). Par son budget, le NAI est l'une des premières institutions d'architecture au monde. Et alors ? Nombreux sont les spécialistes qui en dénoncent la boulimie et le statisme. En voulant tout rafler, le NAI assèche la plupart des initiatives qui nourrissent le débat aux Pays-Bas. Par chance, l'architecture moderne étant à Rotterdam une religion (la ville s'est reconstruite après les bombardements de la dernière guerre sur une idéologie résolument progressiste et moderniste, ce que l'architecte Rem Koolhaas résume par la formule américaine : « *To start from scratch* »), la créativité demeure. Faut-il voir alors, dans le développement actuel d'une idéologie de la conquête urbaine qui fleure les années 60, un effet de la concentration des moyens en un seul lieu, mastodonte criblé de dettes que seuls les Français prennent en exemple? Protégée par le manque d'intérêt général qu'on lui porte en France, la Cité de l'architecture et du patrimoine se débat pour naître, loin de toute polémique qui lui serait pourtant bénéfique.

En fait, il semble que, pour les membres de l'équipe investie de la destinée de cette Cité, le projet compte moins que la carte de visite qu'elle leur procure. Quand on vise un poste de professeur invité dans une université américaine, rien ne vaut le titre de directeur d'une institution. Cela permet en outre de dialoguer d'égal à égal avec la directrice du NAI de Rotterdam, comme avec les responsables des diverses institutions américaines. Pour l'heure, le navire semble flotter plutôt que voguer. En attendant de trouver un cap, s'il n'est pas envoyé avant par le fond, il dérive avec son capitaine fantôme et sa cargaison qui n'est pas beaucoup plus que son équipage. Comme si l'incertitude sur l'avenir de ce mammouth n'avait pas atteint un degré suffisant, remaniement ministériel et démissions le fragilisent un peu plus. Chaque jour, le ministre de la Culture, Catherine Tasca, femme d'audiovisuel, éprise d'arts de la scène, exprime un peu plus son désintérêt de l'architecture. Attitude technocratique qui n'est pas sans rappeler celle de René Monory : quand cet autodidacte fut nommé ministre de l'Éducation, il s'empressa d'exprimer tout son mépris pour les diplômes et les professeurs qui les décernaient.

Le complexe d'infériorité

On peut comprendre que les architectes, tout à la fois intellectuels, artistes et techniciens, souffrent de la non-reconnaissance dont ils font l'objet. Quand l'humiliation s'ajoute aux difficultés économiques, le vase déborde. Ils sont alors sujets à des crises d'identité, à de véritables prises de tête qui ne font qu'accroître leur isolement. L'attitude des commissaires français de la Biennale d'architecture de Venise (été 2000) fut à ce titre pleine d'enseignements. L'historiographie retiendra que Jean Nouvel remporta un Lion d'or lors de cette septième Mostra. Hélas, on oubliera dans quelles circonstances, et c'est bien regrettable, car les Français ont donné à leurs homologues internationaux un cours de pantalonnade qui aurait pu rendre jaloux les spécialistes napolitains du genre. Sur cette lagune réunissant des architectes du monde entier, l'Italien Massimiliano Fuksas avait retenu comme thème de réflexion « *Città : Less aesthetics, more ethics* » (« Ville : moins d'esthétique, plus d'éthique »). Tandis que les Canadiens, les Espagnols, les Australiens, les Russes et *tutti quanti* occupaient leur pavillon respectif avec plus ou moins de bonheur, les

Français, menés par quatre commissaires, dont l'architecte Jean Nouvel et le maire d'Hérouville François Geindre, se lançaient dans un happening de série B. Refusant d'exposer quoi que ce soit, ils annonçaient leur intention de donner la parole aux exclus de l'axe Nord-Sud. Suivait alors une liste ahurissante, très « gotha branché média », allant du commandant Massoud au général Aoun, en passant par quelques artistes sénégalais ; le tout dans le plus pur style « exposition coloniale ». Dans cette débauche *politically correct* travestie en rébellion Beaux-Arts, le pavillon français était, lui, livré aux dazibao politico-lyriques. « L'éthique masque le vide du politique », pouvait-on lire sur la façade d'entrée et, à l'intérieur, des formules encore plus prétentieuses. *Nec plus ultra*, des causeries devaient se tenir sur un *vaporetto* amarré hors les murs de l'expo. Le coût de sa location étant faramineux, le directeur de l'AFAA (Association française d'action artistique), Olivier Poivre d'Arvor, a dû y mettre un terme en catastrophe.

Devant la faillite de l'entreprise, François Barré, à l'origine du choix des quatre commissaires, redressa la barre : Jean Nouvel, son poulain, décrocha un Lion d'or décerné par un jury dont François Barré était membre.

Il faut dire encore ce qui s'ensuivit. Durement harcelé par la presse, Jean Nouvel fut convaincu d'être la cible d'une cabale. Pas un instant il ne songea que la médiocrité de la prestation française avait pu être relevée par nombre de critiques. Non, la faute était chez les journalistes, pas chez les commissaires. Pendant des semaines, Nouvel refusa de serrer la main de l'un ou l'autre (dont la mienne évidemment), donnant de lui-même l'image d'un être à la fois vindicatif et peu sûr de lui, assurément fragilisé.

Cette lamentable affaire est révélatrice d'un mal dont sont atteints la plupart des architectes, mal indécrottable qui plombe leurs discours comme autant de sacs de gravats. Génération après génération, les architectes nourrissent et entretiennent un même complexe d'infériorité vis-à-vis des intellectuels. Combien sont-ils à s'avouer en quête de « sens » ? Il faut « donner du sens » aux bâtiments, bêlent-ils, l'air inspiré. Comme si l'architecture n'en était pas porteuse d'elle-même ! Pour ce faire, ils n'ont de cesse de renforcer leurs équipes de sociologues, de philosophes, d'écrivains, d'ethnologues... Quand ils en ont les moyens, ils convoquent quelques huiles à leur table : Paul Virilio, Jean-Christophe Bailly et d'autres. Jean Nouvel signe avec Jean Baudrillard. Marc Augé est partout. Il rédige même un « Valode et Pistre ». Régis Debray fait de même avec « Jean-Paul Viguier ». L'architecte pavoise. Encore faut-il reconnaître, à tous ces praticiens soucieux de renforts intellectuels, l'effort de la pluridisciplinarité. Quand on exerce ses talents dans une profession aux champs d'intervention multiples, c'est finalement plutôt louable. Cette course à la caution intellectuelle, la presse d'architecture y participe. L'éditeur Jean-Michel Place, qui possède déjà nombre de magazines en tout genre, dont *Positif*, la revue de cinéma, a racheté, coup sur coup, deux des fleurons de la presse architecturale française : *L'Architecture d'aujourd'hui*, flambeau en la matière durant les décennies d'après-guerre, et *Techniques et Architecture*. Non content de tenir là deux outils performants, il lance dans le même temps *Parpaing*, un mensuel à 10 francs voué à bousculer tout le vieux monde. L'idée est excellente, mais le produit frappé d'amateurisme soixante-huitard est surtout appesanti d'intellectualisme poussif. Du sous-Barthes, du sous-Deleuze, du sous-José Bové ! C'est mélodie en sous-sol.

Il y a pire. Quand ils en ont assez de presser leurs confrères lettrés, assez de les supplier de leur fournir cet ersatz de justification spirituelle qui ennoblirait leurs érections, ils s'improvisent auteurs. Hélas ! car nos architectes ne sont pas des théoriciens. Quand surgit un constructeur susceptible encore de bâtir un discours, c'est l'enthousiasme. Le Corbusier fut de ceux-là, praticien et théoricien ; Rem Koolhaas en est aujourd'hui. L'un et l'autre d'ailleurs peuvent être rangés dans la catégorie des penseurs autoritaires, ce qui ne devrait pas surprendre quand on sait que tout architecte en verve de système pense réguler la totalité de l'espace, normer l'univers et réformer d'un coup la société entière. Et donc, et cycliquement, des architectes se sentent pousser des plumes qu'ils imaginent bien trempées… Ils écrivent un livre. Paul Andreu, l'excellent auteur des aéroports de Paris (Roissy entre autres), a rédigé un calamiteux *J'ai construit beaucoup d'aéroports* ; Paul Chemetov se prend régulièrement pour Jaurès et repense la ville en 150 pages. Dans son cas, le style littéraire l'emporte tout de même sur celui de ses bâtiments, mais c'était joué d'avance. Le plus souvent, chez l'un ou chez l'autre, le propos est ampoulé, grandiloquent, lyrique ou populiste. L'architecte se veut poète et visionnaire, prospectif mais ancré dans le réel. L'argument est cimenté, la pompe académique. On se veut humaniste, on est emmerdant. Les architectes ne pourraient-ils se contenter de construire ? Ce n'est tout de même pas si mal d'édifier une usine, un palais de justice, une villa…, cela vaut bien des Goncourt ! Les écrivains, Dieu soit loué, ne bâtissent pas d'aéroports !

Il y a quelques années, j'avais noté dans une chronique que Jean Nouvel, pourtant rebelle, négligeait d'être un leader d'opinion. Il n'avait pas su fournir à la jeune génération le drapeau qu'elle aurait pu brandir. J'ajoutais que, dans le meilleur des cas, Nouvel c'était Catherine Deneuve, une star inaccessible et fossilisée dans sa clarté opale, et, dans le pire… Isabelle Adjani, la star qui ne voulait pas l'être. Jean Nouvel avait souffert de cette dénonciation en impuissance.

Aujourd'hui, devant l'enthousiasme hirsute avec lequel il s'est voulu penseur et moraliste à Venise, je me demande si je ne suis pas un peu responsable de son engagement qui afflige. Je ne suis pas le seul. Hubert Tonka, éditeur et pétroleur essoufflé, a tendance à pousser Jean Nouvel dans les balustrades. C'est ainsi que, dans sa récente et courageuse montée en ligne contre les projets d'aménagement de l'île Seguin (tribune libre publiée dans le quotidien *Le Monde*), Jean Nouvel s'est trouvé engoncé dans un discours ouvriériste plutôt décalé. En exigeant de la communauté qu'elle préserve les usines Renault, le symbole prolétarien de Billancourt, l'ancien contestataire de choc du concours des Halles s'emmêlait les pieds dans le tapis idéologique. Une fois de plus, l'architecte se voulait donneur de leçons, à la traîne des sociologues et autres idéologues en mal de propositions. Jean Nouvel vaut mieux que cela. Il n'empêche, son action aura servi sans doute à allumer l'incendie dans lequel s'est consumé le balbutiant projet de Bruno Fortier. Il aura servi encore à dégager le terrain pour que s'y installe la Fondation pour l'art contemporain de François Pinault. Évidemment, le soutien tardif de Jean Nouvel à cette entreprise de promotion de l'art contemporain a fait un peu désordre. L'engouement prolétarien avait fait long feu, mais qu'importe, les architectes ont la mémoire courte et son attitude cette fois était la bonne. Et puis, l'important n'est-il pas que Paris s'offre un effet Bilbao [7] ?

7. On souhaiterait un « effet Bilbao », mais voici que François Barré, chargé cette fois de mener à bien le projet de Fondation pour l'Art contemporain de François Pinault, sur l'île Seguin, se fait le chantre de la modestie. Loin de promouvoir une architecture à la Frank Gehry, loin de préconiser l'érection d'un « monument mondial » qui dynamiserait tout le secteur, voici qu'à la suite de François Pinault, grand amateur d'art minimaliste, il évoque une architecture de cathédrale ou d'église intimiste. Plusieurs architectes sont convoqués, parmi lesquels Stevan Holl, Alvaro Siza, Rem Koolhaas, MVRDV, Dominique Perrault, l'outsider Manuelle Gautrand et Tadao Ando, l'homme du béton pur. A l'effet Bilbao préférera-t-on un effet Tadao ?

Troisième partie

Des conséquences monumentales

Isolement, découragement, élitisme, paupérisme, faiblesses structurelles et tribalisme minent la profession des architectes. On pourrait certes s'en moquer, laisser tous ces professionnels à leurs querelles, à leur noyade, si leur production résiduelle ne s'exposait partout. Quand de mauvaises conditions d'exercice s'imposent aux architectes, la mauvaise architecture qui en résulte s'impose à tous.

Aussi, une fois posées les causes d'une crise fondamentale, il nous faut en analyser maintenant les conséquences.

Elles sont monumentales.

Paris ou le béton roi

Pour l'heure, c'est à Paris que se font sentir les conséquences de ce discours interlope, salmigondis de modestie revendiquée et de signature stylistique imposée. En quelques années, la capitale s'est muée en terrain d'élection d'une collusion étrange et contre nature en apparence, celle héritée de la traditionnelle mainmise politique du RPR sur la promotion immobilière et de cette autre mainmise, technique cette fois, assurée par les communistes ou apparentés.

A l'origine, les urbanistes et les architectes réunis dans la fameuse agence « banlieue rouge » de l'AUA (Jacques Allégret, Valentin Fabre et Jean Perrotet, rejoints par Paul Chemetov, Jacques Kalisz, Michel Corajoud, Maria Deroche, Christian Devillers...) s'étaient fait une spécialité de l'analyse urbaine. L'essor des villes à forte concentration populaire, municipalités majoritairement détenues à l'époque par des élus du Parti communiste, leur avait permis de faire leurs premières armes et de devenir incontournables. Par la suite, le corps électoral se modifiant, sa représentation a évolué de même. Des villes populaires sont passées aux mains des socialistes, puis des partis de droite. Chaque fois, par capillarité, ce sont toujours les mêmes urbanistes proches du PCF et de ses multiples courants rénovateurs, fidèles d'un expressionnisme brutaliste censé donner libre parole à « la vérité des matériaux », qui se sont attribué la part du lion des études urbaines et des constructions attenantes. Dans les années 90, cette osmose s'est finalement effectuée en plein Paris et l'on a vu des maires comme Jacques Toubon travailler avec toute la fine fleur de cette école engagée.

De ce passé, on peut tirer deux conséquences. La première, c'est que, dans un nombre considérable de concours, des professionnels de la mouvance « sociale » se sont retrouvés dans les jurys. Ils s'y sont employés à « faire passer » ceux qui défendaient une certaine manière d'architecturer la ville selon les principes du dogme néo-moderne, les fidèles du logement collectif érigé en seule matière noble. Pour ces tenants d'une architecture morne, toute façade qui se montre, qui s'exprime, est une compromission, un effet « mode ». Dans l'injonction faite aux architectes de puiser dans le vocabulaire corbuséen, ces tenants d'un credo stylistique retrouvaient – et ils ne les ont pas perdus – les accents de tous ceux (mais ils sont de moins en moins nombreux) qui considéraient que le marxisme, loin d'être épuisé, portait encore en lui la solution des problèmes d'une société en mutation. On peut soutenir sans grand effet de manches que les derniers marxistes, les purs et durs, ce sont ces architectes-là. Poteaux, baies vitrées, « jeu savant des volumes rassemblés sous la lumière », litanie et véritable mantra du catéchisme corbuséen, la formule récurrente a bétonné le paysage.

Le résultat caricatural en est visible de part et d'autre de la Bibliothèque de France. Blocs, cubes, coursives, l'a.b.c. corbuséen est à la parade. Il l'est aussi, en partie, dans le quartier qui lui fait face, la ZAC Bercy. Et le sera bientôt dans toute la ZAC Montsouris. Bolze et Rodriguez, Patrick Berger, Dusapin-Leclerc – la famille néo-moderne est déjà bien en place avec ses architectes proprets, mais passablement clonés les uns des autres. Quant à la ZAC Masséna, terrain d'expérimentation de la théorie édictée par Christian de Portzamparc sur la ville « Âge III », suite d'îlots haussmanniens non plus clos mais ouverts, on devine qu'elle frémit à l'idée que, en dépit de toute la bonne volonté de l'architecte, elle se révèle des plus conformes à ce qui entoure déjà la Bibliothèque de France.

Rappelons que les urbanistes de l'opération, l'APUR (Atelier parisien d'urbanisme), ont voulu mettre en place une politique urbaine qui éviterait une cacophonie de styles, telle qu'elle avait pu s'exprimer dans les villes nouvelles à l'époque héroïque de la postmodernité. A voir les réalisations « versaillaises » de Ricardo Bofill à Cergy-Pontoise, les « camemberts » de Manolo Nunez à Marne-la-Vallée, et quantité d'autres architectures à portiques et colonnades, on peut comprendre et partager ce souci formel, cette prévention tout à fait louable. **Mais pour générer un nouvel urbanisme qualifié de « nouvel haussmannisme », on a multiplié à l'excès les règlements**. On a joué sur deux points. D'abord des contraintes de hauteur et de façade. On aurait même édifié une façade type destinée aux architectes susceptibles d'entrer en conflit avec les aménageurs. Ensuite, et pour que les opérations soient simplifiées, on a fait appel à des architectes qui tous appartenaient, comme on l'a déjà amplement souligné, et, sauf rares exceptions, à la cohorte néo-moderne. Pour dire les choses plus nettement, on a fait appel aux

« amis du Pavillon de l'Arsenal », lieu officiel d'exposition de la politique urbaine menée dans la capitale. De fait, si le quartier Bercy a maintenant son unité, il manque d'identité. On a fait jaillir en plein Paris un quartier de ville qui aurait eu sa place au Danemark ou aux Pays-Bas. « L'ennui jaillit un jour de l'uniformité », dit la formule. Elle est, à Bercy, parfaitement confirmée, et l'on pourrait dire que **la rencontre évoquée entre le RPR et les architectes formés à l'idéologie communiste a produit un style massif et lénifiant qu'on qualifiera de « monstructivisme »**. Symbole écrasant et précurseur : le pesant ministère des Finances (de Chemetov et Huidobro), tout à la fois bunker repoussant et modèle.

Clairement, on a voulu créer, *ex nihilo*, un urbanisme parisien aéré. On y a rejeté toute esthétique de la densité, pourtant donnée fondamentale de toute complexité urbaine. A trop vouloir détendre le paysage, on l'a distendu. Les rues manquent de force et le quartier est relâché. Dommage, car il est certain que la Bibliothèque de France gagnerait beaucoup à voir comblé l'espace abandonné entre ses tours. A l'inverse de ce qu'on fit hier en dégageant le parvis de Notre-Dame ou encore la Cour carrée du Louvre, il faudrait construire le vide, le parasiter ; donner de la chair à ce squelette de métal. Cela permettrait encore d'échapper à l'idée, si française, qui voudrait que « toutes les grandes œuvres soient simples », selon le mot même de François Mitterrand. On a vu ce que cela pouvait générer : un cube à la

Le ministère des Finances à Bercy édifié par Paul Chemetov
et Borja Huidobro.

Défense (Arche), une sphère à la Villette (Géode), une table retournée à la Bibliothèque. Simple ou simplisme ?

Uniformité, avons-nous dit ? Encore faut-il nuancer l'accusation. Au sein même du RPR, instance, des années durant, de pilotage de la capitale, se sont affrontées deux manières d'aborder la ville ; deux écoles tout aussi navrantes l'une que l'autre, mais qui s'affichent au nom de valeurs opposées.

La première fut défendue par Jacques Toubon, longtemps député du XIIIe arrondissement, secteur de la Bibliothèque de France soumis au séisme que l'on connaît. Nourri d'une culture très art contemporain années 70, Toubon milite pour une architecture moderne. Le mot fait déjà ringard, mais Toubon n'en est pas à une ringardise près. Il a donc appuyé les grandes manœuvres des architectes évoqués plus haut en ne jurant que par un style architectural d'une blancheur limpide.

C'est à l'aune de cet enthousiasme pour la *tabula rasa* qu'il faut juger l'annonce selon laquelle l'ancien viaduc métallique de Tolbiac, tout juste restauré, serait provisoirement démonté pour être ensuite réintégré à un pont plus ambitieux. Il n'en a rien été évidemment. Et ce viaduc finira sans doute installé quelque part dans un musée du « faux », comme le fameux pavillon de Baltard, confit dans sa solitude à Nogent. Trente années après l'anéantissement du « ventre de Paris », les mêmes erreurs sont reproduites.

De son côté, Jean Tiberi, maire de Paris, a défendu

un Paris-Village où la moindre bâtisse devait être restaurée façon « Marais ». **C'est Paris muséifié, glissé sous plastique comme du jambon en tranches**. On lui devra d'avoir rédigé à coups de mignardises les pages de ces nouveaux « Blisters de Paris », preuve s'il en est que l'architecture est un fameux fromage de tête[1]. Sa délicatesse nous a valu l'émergence éruptive, véritable poussée d'acné sur asphalte, des « zones 30 », périmètres urbains pour retraités, barricadés de « ralentisseurs », où seuls s'ébattent les chiens et les motocrottes. Tout a été fait pour que la ville adopte un rythme lent, morne et férié. Quand on revient de Shanghai et quel que soit le jour où l'on débarque, Paris semble en congés du 15 août. Sans doute faut-il se féliciter d'un combat rédempteur contre la « bagnole », mais le chichiteux n'est pas l'essence d'une urbanité attractive ; d'autant que cette politique de ville à plat se soutient d'une autre procédure plus insidieuse encore. Pour un plan de sauvegarde comme celui imposé au secteur du faubourg Saint-Antoine, quartier populaire réchappé de quelques destructions locales dans le secteur de la Bastille, mais anéanti par une « movida » déjà fanée, combien d'autres quartiers sont livrés à la technique désormais rodée du façadisme ?

1. A Troyes, le maire François Baroin, fort d'un secteur médiéval sauvegardé, veut maintenant « médiévaliser » tout le centre-ville en imposant un habillage de pans de bois à tous les nouveaux projets ! On ne saurait trop lui suggérer d'imposer de faux chevaux à l'avant des voitures.

L'odieux visage du façadisme

Le principe en est simple, il consiste à ne conserver, à la demande de l'architecte des Bâtiments de France, que la façade d'un immeuble par souci de continuité historique et visuelle. Tout le reste – les planchers et donc les appartements, les volumes, les escaliers, la tripaille – est jeté en pâture aux bulldozers. Cette opération permet de bénéficier du dépassement de fait du COS (coefficient d'occupation des sols) admis en 1989 par une révision du POS (plan d'occupation des sols). Bref, cela permet d'augmenter les surfaces de plancher.

Cela permet encore de s'abriter derrière une pratique pseudo-conservatrice qui, en réalité, détruit au scalpel ce qu'hier on écrasait à la pelleteuse. Le façadisme aboutit, sous couvert de respect du passé, à assassiner des quartiers entiers. Car de même qu'un visage n'est pas qu'un maquillage, l'architecture n'est pas seulement une façade. Il n'empêche, et dans la logique qui a vu Paris organiser, dès la fin du XIXe siècle, des concours de façades, Jean Tiberi est pour le façadisme. L'inculture générale plaide pour lui, car si les architectes sont parfois soupçonnés (le plus souvent par leurs confrères « antimode ») de ne réaliser leurs bâtiments qu'en vue d'un effet médiatique, de tout faire pour que leur façade « crache » en photo, les façadistes, eux, sont jugés respectueux du passé quand ils dénaturent tout. **Imagine-**

t-on le château de Versailles nettoyé au karcher et remeublé Ikea ? Eh bien, il en va ainsi de l'architecture populaire comme de l'architecture savante. Quand une façade mérite d'être protégée, ce qu'elle dissimule devrait l'être tout autant. Il n'en est rien. A se demander si, dans ce souci de préserver la façade, la Mairie de Paris n'expose pas crûment sa volonté farouche d'éliminer ce qui se dissimule derrière la sienne.

Un urbanisme aux ordres

Ce « nouvel haussmannisme », objet de tant d'études et de travaux signés par les urbanistes de l'APUR, est la plus récente expression d'une caractéristique française, celle du recours à l'ordre. Cette tradition stylistique et philosophique, éthique autant qu'esthétique, s'ancre dans la période prérévolutionnaire. A l'époque, nos grands architectes visionnaires, connus et reconnus comme la trilogie « Boullée, Lequeux, Ledoux », cherchèrent à offrir au siècle des Lumières et à la république en gestation son cadre d'apothéose. Puisant dans la grammaire des styles antiques, ils en tirèrent les plans de leurs temples géants, les colonnades de leurs cénotaphes… En même temps qu'elle accouchait d'une révolution dont nous continuons de nous vouloir exportateurs, *via* l'idéologie nouvelle et quasi mystique des « Droits de l'homme », la France donnait naissance à un style architectural « universel ». Cette tentation d'un ordre unique à étendre sur le territoire entier, le baron Haussmann s'en est fait ensuite le continuateur en imposant sa marque à la capitale. Le Corbusier a repris le flambeau dans l'entre-deux-guerres, développant sa théorie des fonctions séparées (logement, travail, loisir...) dont les conséquences désastreuses se mesurent aujourd'hui à l'embrasement des « cités ». Le Corbusier fut d'ailleurs le concepteur du plan Voisin, qui proposait l'érection d'une forêt de tours au cœur même de la capitale. Si l'on a pu le juger bon architecte et mauvais urbaniste, ne devrait-on pas en faire de même avec Rem Koolhaas, autre visionnaire total ? L'une après l'autre, chacune de ces périodes historiques a connu ses rebelles, ses architectes rétifs à l'uniformisation. Leurs seules victoires furent d'ériger, ici ou là, aux marges de ce qui s'édifiait, quelques bâtiments à contre-courant. Si cette situation de résistance leur est naturelle, leur refus d'un ordre unique les voue au désordre pluriel. Tout front commun éclate sous l'atomisation de leurs propositions stylistiques. Aujourd'hui, les Nouvel, les Borel, les Ricciotti, les Roche, les François, les Soler, les Chochon... sont les grains de sable d'un mécanisme qui les broie – sauf quand ils réussissent à le coincer.

Strasbourg ou le clinquant d'entreprise

Aidées en cela par la décentralisation, les grandes agglomérations s'aventurent à développer aujourd'hui leur ordre propre, distinct de celui de la commune voisine. Copiant Paris, elles accueillent des tendances qui font le vide autour d'elles et règnent sans partage. Ainsi, et si l'on a dit pis que pendre de la « bétonite », ce style si parisien, il faut en dire autant de celui qui prévaut à Strasbourg : le clinquant d'entreprise. **Quand dans la capitale on édifie en béton gris pour faire social-modeste, on construit en Alsace en métal et verre pour faire translucide-européen-business.** Qu'on en juge. Entre le Parlement européen, boursouflé et lourdingue (Architecture Studio), le palais des Droits de l'homme (Richard Rogers), l'Hôtel départemental (Claude Vasconi) et même un peu plus loin le nouveau musée d'Art contemporain (Adrien Fainsilber), aussi raté que sont faibles les collections qu'il abrite, on ne peut que constater l'ampleur de l'échec. Tout est froid, bleuté, technologique et plat. A Montpellier, des architectes aussi éloignés du verre et du métal que Paul Chemetov et Borja Huidobro ont fini par signer une bibliothèque de qualité plus que moyenne qui ne déparerait pas... en Alsace. Verre et métal toujours. Pour faire bon poids, ce sont cette fois des néo-modernes bétonneux qui ont sévi en Lorraine, à Nancy. On doit à ces régionaux de l'étape (Baudoin et associés) l'extension balourde du musée d'Art moderne de la ville. Place Stanislas, le style nouille a encore, mais au sens figuré s'entend, ses partisans. On devinera bien sûr que, sous la querelle formelle, béton contre verre et acier, ce sont les entreprises du BTP qui se livrent une guerre sans merci. Entre les

Le Parlement européen à Strasbourg (Architecture Studio).

parangons du granulat et les jusqu'au-boutistes de la sidérurgie, ce sont bien plus que des querelles d'écoles qui flamboient, mais des pactoles qu'on s'arrache.

Levallois périt

Quelle branche industrielle a remporté la bataille de Levallois ? La seconde, semble-t-il, et ce en dépit d'un habillage à l'ancienne qui pourrait faire croire, encore faudrait-il être bien sot, qu'on y préserve vraiment le style d'autrefois. En vérité, **c'est une gangrène d'architecture sans qualité, sorte d'« Alphaville » pour banlieusards en col blanc**, qui ceinture de plus en plus le flanc ouest de la capitale. C'est de la Défense en rase-mottes. Aussi, pour qui veut voir de l'architecture années 70 édifiée dans les années 80, il faut se rendre à Levallois-Perret en 90, et même à l'aube du XXIe siècle, puisque la destruction continue. Dans cette ville, où la lèpre du verre miroir progresse comme une encéphalite spongiforme, le passant est soudain comme dessiné en 2 D, en deux dimensions. Tout y est plat, comme sur une pancarte de promotion immobilière. Il faut faire l'expérience de la place Georges-Pompidou à Levallois (surnommée, on l'a dit, « place Ceausescu »), pour embrasser l'indigence d'une telle architecture. Le pseudo-style classique s'y déploie dans des proportions navrantes, des matériaux bas de gamme et des teintes désolantes, gris bleuté, bleu grisâtre, vert asphalte, beige saumoné doré sur tranche… – atteindre une telle homogénéité dans la vacuité, c'est réaliser une quasi-performance. Là encore, et loin de l'évidente et agressante présence d'une tour Maine-Montparnasse ou d'un Opéra Bastille, c'est une gangrène architecturale insidieuse qui occupe le terrain, prolifération née de l'attribution de l'espace public à une promotion privée dénuée de toute culture autre que celle des bénéfices.

Euralille ou le retour des sixties

En janvier 1998, à la mort de Jean-Paul Baïeto, l'homme qui fut en charge de mener, dans une « dynamique d'enfer », tout le projet Euralille, les hommages appuyés affluèrent de toutes parts. Architectes, urbanistes, élus… célébrèrent le travail exemplaire de ce battant hors pair. Pourtant, le succès de l'opération était loin d'être au rendez-vous. Le quartier Euralille étirait son champ de verre et de béton désolé au cœur même de la capitale régionale ; les tours de bureaux cherchaient encore preneurs, le public boudait cette portion de ville nouvelle en centre-ville.

En 1986, l'accord signé entre la France et la Grande-Bretagne pour la réalisation d'un tunnel trans-Manche avait fait surgir des espoirs gigantesques dans la région lilloise. Selon la formule de l'architecte hollandais Rem Koolhaas, « Lille allait devenir le centre de gravité d'une communauté virtuelle de 50 millions d'Européens de l'Ouest, vivant au maximum à une heure et demie les uns des autres ». La région se lança alors dans ce qu'il fut convenu d'appeler « la plus ambitieuse et la plus novatrice opération urbaine menée en Europe au cours du XXe siècle ». Il est vrai que les deux Allemagnes existaient encore et que le gigantesque chantier qu'allait devenir Berlin n'était pas même une vue de l'esprit.

Au départ donc, huit équipes furent constituées. On leur demanda d'élaborer une vision de ville nouvelle. Norman Foster, Vittorio Gregotti, Rem Koolhaas, Yves Lion, Michel Macary, Oswald Mattias Ungers, Claude Vasconi et le tandem Viguier et Jodry furent mis en concurrence. Au bout d'un mois, Rem Koolhaas et son agence OMA de Rotterdam furent proclamés vainqueurs. Une SEM fut créée, financée à 51 % par des capitaux publics afin que l'État puisse conserver la maîtrise du projet. Fait d'importance, un cercle de qualité fut institué. Autour de François Barré, alors président du Centre Georges-Pompidou, se réunit à date fixe un pool de spécialistes (quelques journalistes, dont le critique d'architecture François Chaslin, rapporteur des séances de travail, et de hauts personnages de la scène architecturale : Joseph Belmont, Yves Dauge, Gérard Millier, Robert Lion, le patron du Crédit Lyonnais de l'époque...). Il revenait à cet aréopage de bénévoles de contrôler les développements du projet, de s'assurer du respect des engagements exposés dès le départ, bref de maintenir l'exigence de qualité urbaine.

En 1992, les travaux débutaient. Lors du concours de

Melun-Sénart en 1987, Rem Koolhaas avait pu exposer sa théorie du « maximum de programme, minimum d'architecture ». Il avait ainsi rappelé qu'un projet naissait souvent d'un bon programme et qu'il entrait dans les attributions des architectes de réfléchir aussi sur la programmation, de se situer en somme en amont de toute réponse formelle. Dans le cas d'Euralille, le programme lui était livré d'avance. Dans un entrelacs complexe de voies de toute sorte – autoroutes, rails, pénétrantes urbaines –, l'architecte devait déterminer l'implantation d'une nouvelle gare de TGV, d'un palais des Congrès, d'un pôle d'exposition, de bureaux, de centres commerciaux, de parcs urbains... Koolhaas put se consacrer non pas au programme prédéterminé, mais à l'architecture qu'il chercha encore à penser *a minima.*

Conçue en période de boom économique, l'opération Euralille ne tarda pas à se heurter aux réalités de la crise des années 90. Les capitaux qui devaient déferler sur la métropole Lille-Roubaix-Tourcoing se firent plus rares et l'investissement de 5,3 milliards de francs commença à peser lourd dans les finances de l'État et de la Région. (Un exemple : le centre commercial de 150 000 mètres carrés devait au départ être surmonté de huit tours. On révisa le projet à la baisse, optant pour six tours. On finit par n'en construire que deux.) Le schéma d'urbanisme se révéla bientôt pris en tenaille entre une volonté publique et une réalité économique plus libérale. Certes, l'accord était signé entre un État et une municipalité tous deux socialistes, mais sa réalisation dépendait pour une large part de capitaux privés. Dès lors, les exigences des payeurs se firent de plus en plus pesantes. Dans une certaine mesure, l'actuel chaos urbain d'Euralille est à l'image de l'agressivité des investisseurs qui surent souvent imposer leur loi ; mais ce chaos est également le reflet d'une conception urbanistique qui ne pouvait mieux s'accorder qu'avec le marché libre des investisseurs.

Formé à Rotterdam, ville rasée durant la guerre par des bombardements allemands de terreur et reconstituée ensuite à partir d'une *tabula rasa* dans un enthousiasme résolument « moderne », Rem Koolhaas est le croisé d'une idéologie qui puise dans le chaos ses références et ses outils. Adepte du laisser-faire tentaculaire, célèbre, on l'a dit, pour sa formule « *Fuck the context* », il prit un malin plaisir à faire pénétrer au cœur de Lille, à quelques dizaines de mètres de la vieille gare, l'urbanisme des banlieues, l'aspect désolant des périphéries. Le résultat est qu'aujourd'hui Euralille donne tous les signes d'un quartier déshumanisé au possible d'où le piéton est exclu. En centre-ville, cela fait mal.

Censé se structurer autour de voies rapides, le quartier en est aujourd'hui la résultante. La tour du Crédit Lyonnais, érigée par Christian de Portzamparc au-dessus des voies du TGV, a dû se satisfaire d'une architecture pour le moins contestable, en raison, dit-on, d'un sous-sol particulièrement fourni en réseaux de toutes espèces : fils, câbles, liaisons diverses. Ses fondations durent se loger dans un véritable plat de spaghettis. Quant au palais des Congrès, dont Rem Koolhaas se réserva l'architecture, ce n'est qu'une gigantesque boule renfermant une salle de congrès, des halls d'exposition et même une salle de concert de type Zénith. Encensée par certains pour ses qualités internes, elle constitue aujourd'hui, vue de l'extérieur, un formidable bunker. Le moins que l'on puisse dire, c'est que l'ouverture d'esprit des architectes n'y trouvera pas sa tribune.

Conclusion provisoire : la seconde phase du développement d'Euralille devrait s'articuler sur une charte à rebours de ce qui se fit lors de la première. Plutôt que de tirer de nouvelles « pénétrantes », on va chercher à ressouder les quartiers entre eux, à suturer les plaies ouvertes. Inquiétude tout de même, car, aux dernières nouvelles, il serait question de remettre sur pied un conseil d'experts.

L'expérience, dit-on, est un phare qui éclaire le passé. Quant à l'avenir…

Le concept est dans l'escalier

Tandis que la promotion publique bâtit ses désolants quartiers d'avenir et que la promotion immobilière privée tire à l'infini ses rubans de façades miroirs gainées de menuiseries métalliques bas de gamme, le pompiérisme royal éclabousse, ici ou là, l'architecture contemporaine. C'est encore le fruit d'un paradoxe qui veut que **l'adhésion à l'ordre unique hérité des**

périodes révolutionnaires se marie partout avec une conception monarchique de l'architecture. On ne résiste pas au pompier, au grandiose d'opérette. Si les municipalités ont tendance à s'agripper à un style, bien souvent défendu par des jurys manipulés par des caciques locaux, architectes ou ingénieurs influents ayant l'oreille du maire, elles connaissent des problèmes récurrents dont les effets sont solidement répartis sur son territoire. Ainsi, on y trébuche partout sur le traitement des escaliers.

On l'a vu à la Bibliothèque de France où des emmarchements monumentaux se sont révélés des pistes de bobsleigh. On a chuté à qui mieux mieux sur des marches en ipé muées en patinoire à la moindre averse. Il a fallu y fixer des rambardes qui ont cassé (avec quelle laideur !) le pesant effet de socle.

A la Grande Arche de la Défense, une volée de marches considérables accueille le piéton qui lutte rudement contre un blizzard de dalle. Ces escaliers assassinent le piéton en lui cassant d'entrée le moral. L'effet monumental, la perspective « Le Nôtre » sont décuplés par ces murs d'escalade qui forcent le visiteur, réduit à sa plus simple volumétrie, à s'affronter au vertige comme au découragement. Il y a dans cette architecture frontale et mono-axée comme une fatalité. Or ce qui rend les architectures insupportables, c'est quand une seule voie vous y mène, voie unique et sans issue, à laquelle on ne peut se soustraire. L'impasse s'impose en majesté. Il faut alors se « farcir » la dalle de

La Bibliothèque de France et ses escaliers par Dominique Perrault.

la Défense avec pour tout horizon ces marches de Damoclès.

Autre exemple, celui de l'excellent Carré d'Art édifié par Sir Norman Foster à Nîmes, au ras de la Maison Carrée. Superbe d'intégration, lové dans son contexte, ce musée comporte, hélas, un escalier intérieur qui bouffe l'espace, écrase tout. A la décharge de l'architecte britannique, reconnaissons qu'il a joué plus subtil : l'escalier est légèrement désaxé et qui veut s'en échapper le peut. C'est en somme un escalier de secours comparé à tous les autres.

Il n'empêche, dans ce déferlement de positionnements « grand siècle », d'escaliers somptuaires ne menant nulle part, c'est le rien prétentieux qui s'exprime [2]. Hier, la présence du roi s'exprimait par le vide, luxe inaccessible, comme place des Vosges (ex-place Royale). Aujourd'hui, devant l'enflure de certaines réalisations, comment ne pas songer à la formule de Sacha Guitry : « Ils ont confondu ce qui était profond et ce qui est creux. »

Cet appel du vide, on le saisit dans toutes ses dimensions, dans toutes ses élucubrations oserait-on dire, dans le bâtiment édifié par Bernard Tschumi au Fresnoy à Tourcoing. L'architecture même de l'édifice présente les deux facettes d'un projet généreux, exceptionnel dans sa forme, et totalement inepte dans son usage. Là encore, des volées d'escaliers ne mènent nulle part

2. Opposons à ces échecs le superbe escalier dessiné par Henri et Bruno Gaudin au nouveau musée Guimet, à Paris. Son élégance attire le visiteur quand tous les autres escaliers cités précédemment l'écrasent.

dans une ivresse incoercible. Sur ce bâtiment phare tout en déséquilibre, l'architecte a édifié une couverture-toiture-technique qui tient de la performance. Pour abriter « Le Fresnoy Studio national des arts contemporains », école d'art de haute volée et mastodonte destiné à former des étudiants (tous bac + 4) à la production, grandeur nature, d'œuvres d'art contemporaines, Tschumi a rusé. Plutôt que de refaire toutes les étanchéités de cet ancien lieu de plaisirs édifié en 1905 et qui abritait piscine, salle de cinéma, dancing, patinoire et ring de catch, il a coiffé les anciens hangars d'une casquette de métal, d'une toiture protectrice, d'un auvent électronique géant de 8 100 mètres carrés qui a d'abord triplé les volumes utilisables, l'ensemble passant de 5 350 à 13 780 mètres carrés. Reposant sur une série de piliers de 20 mètres de haut, cette toiture distribue tous les flux irriguant le bâtiment. Potentiellement, elle pourrait servir encore de support d'accrochage aux attirails que nécessiteraient les diverses expositions et spectacles. Bref, sous cette toiture d'exception, les hangars d'autrefois semblent oubliés là par hasard, vaisseaux échoués, en cale sèche, car, au premier coup d'œil, Le Fresnoy c'est un peu les entrepôts de Bercy perdus dans le palais Omnisports du même tonneau.

De fait, et vu le talent de l'architecte, le projet est grandiose. Si les espaces au sol sont quelconques, la balade réservée dans les cintres est une expérience. Tschumi, en effet, a offert au Fresnoy un petit plus, un interstice pétillant, une promenade absolument stupéfiante. Parce qu'il a depuis longtemps théorisé sur le mouvement et l'apport du cinéma à l'architecture, il a lancé ses passerelles comme autant de segments d'un scenic-railway avec vue sur jardins ouvriers et brasserie Terken dans le lointain. Même à pied, l'impression de « grand huit » est réelle tant l'architecte a la maîtrise des distorsions, des jeux d'angles qui donnent aux perspectives des effets d'accélérations, de vrilles et de vertige entre caillebotis. On aurait donc souhaité que de ce bonheur chacun puisse profiter. C'était sans doute le désir de tous. Seulement, voilà : à peine ouvert, les pompiers sont venus en interdire l'accès au public. Ce qui devait être le clou du spectacle a été mis au clou, d'entrée. Pas question d'inaugurer un futur « panorama pour suicidés » ! Bref, l'investissement artistique, ce plus architectural, s'est avéré le siège d'un flop magnum. L'investissement considérable s'achève en décor éphémère, juste bon pour accueillir une équipe de film ou un *shooting* de mode. L'éphémère est destiné à rouiller.

Cette réalisation a tout de même coûté une fortune : 160 millions de francs à la charge de l'État et de la Région, somme à laquelle s'est ajouté un budget de fonctionnement dont le tiers devait être englouti par l'achat d'équipements informatiques. Tout cela pour 24 élèves recrutés sur concours et quelques autres abrités temporairement. Le public qui devait s'y ruer en est tenu à l'écart (règlement pompier oblige). On ne peut s'empêcher de voir dans cet échec, cette gabegie, la traduction formelle du flou conceptuel du Fresnoy lui-même, projet, très élitiste, porté dix ans par son directeur Alain Fleischer, depuis qu'à la Villa Médicis il avait croisé Dominique Bozo, alors délégué aux Arts plastiques. Tschumi n'a pas édifié de « Folie » qu'à la Villette.

Devant ces errements, ces matérialisations de concepts auxquels il ne manque rien de moins que la dimension humaine du nécessaire et de l'utile, ce que d'aucuns appellent encore l'usage, on conçoit que la fronde redouble.

Pour avoir signé un bâtiment contesté, Dominique Perrault s'est parfois fait tailler un short (très court). En un sens, c'est une réussite, car si la Bibliothèque de France ne suscitait aucune colère, elle ne susciterait rien d'autre. A l'étranger, où l'on apprécie plus son stade et sa piscine de Berlin, nul ne prête attention à ces quatre tours sans charme. Il n'empêche, et parce que sans doute l'arrogance de nos architectes est parfois sans limite, Perrault est persuadé que ce qui hérisse le poil du grand public, loin d'être la balourdise de son projet ou son aspect si manifestement sixties bosniaques (sincèrement, la Bibliothèque aurait été parfaite à Sarajevo ; elle y aurait constitué une cible idéale, et plutôt quatre fois qu'une, hélas [3]), c'est sa « trop grande modernité ». L'architecte est convaincu d'avoir été « on ne peut plus miessien », en référence au style métal-minimaliste de Mies van der Rohe, l'architecte

3. Sur cette question, on renverra au livre de François Chaslin, *Une haine monumentale*, Éd. Descartes & Cie, 1997, consacré à l'urbicide perpétré par les Serbes à Sarajevo, et ailleurs.

de la Staats Galerie, le très beau musée berlinois. Il fut un temps où tous les architectes revendiquaient un « détail à la Scarpa », du nom de l'architecte italien. Dans ces citations plus ou moins élaborées, on trouvait de tout : de la corniche, de l'encorbellement, de la nudité, de la stéréotomie, de la gageure. Aujourd'hui, Mies est l'objet d'un même effet « tendance ». Comme une citation auréole le citeur d'un peu de la majesté de son auteur, l'insistance sur un détail référencé vise à masquer souvent l'étendue des désastres. C'est le particulier contre le général, et quand on s'offusque de la masse de la Bibliothèque, on vous rétorque : « Certes, mais la vue sur le jardin intérieur... quelle splendeur ! » On oublie de dire que, si la perspective est effectivement très cadrée du département des chercheurs, elle l'est un peu moins ailleurs ; pour le public, c'est du second choix. En somme, c'est l'idéologie déconstructiviste des parties contre le tout : si la carrosserie est nulle, contemplez l'essuie-glace. Cette arrogance, on l'aura compris, est moins un défaut qu'un aveu de distanciation. Le métier est si dur qu'il faut bien y croire et le public est si loin. On retrouve là l'isolement des politiques, la froideur d'un Juppé sacré un temps « le Premier ministre le plus intelligent de France » et finalement haï par une opinion publique dégoûtée.

Architecture petit bras

A l'opposé de cette attitude conquérante, tout en réminiscences Louis XV, il faut dénoncer la frilosité française qui, par souci de modestie cette fois, opte souvent pour le bon chic bon genre festonné antiquaire, plutôt que pour la créativité. Comparons par exemple l'extension du musée de la ville de Berlin consacrée à la communauté juive de la capitale allemande avec le musée d'Art et d'Histoire du judaïsme de Paris. D'une part, une œuvre exceptionnelle signée Daniel Libeskind, manifeste d'architecture émotionnelle qui prend place, déjà, au côté du musée Guggenheim de Bilbao ; de l'autre, un hôtel particulier reconverti en salon Régence où l'accent porte sur les aspects religieux d'une communauté qui vaut bien mieux que cela. Dans le coin gauche, l'audace époustouflante et le risque d'un choix violent qui valent à un musée pourtant vide encore de toutes collections des foules de visiteurs, et dans le coin droit, l'*architecturally correct* façon village Saint-Paul. Une belle occasion ratée tout à la fois par la ville de Paris, la communauté juive, ses représentants et les architectes bien sûr. C'est peut-être cela le pire, cette petitesse, que l'on retrouve ailleurs, dans les noms qu'une commission *ad hoc* a pondus pour le nouveau quartier Tolbiac. Dans ce secteur qui compte tout de même quelques chefs-d'œuvre de poésie onirique : « rue du Dessous-des-Berges », « impasse des Cinq-

Diamants », il a fallu de longues réflexions (et combien de déjeuners ?) pour aboutir à… l'avenue de France ! Sans doute a-t-on craint qu'à la vue de certains bâtiments les plus récents, le touriste ne s'imagine à Bucarest. Avenue de France ! A Djibouti ou à Madagascar, l'appellation aurait eu quelque sens, mais là… On devine que ces experts n'ont pas osé l'avenue de l'Europe. Il devait y avoir des chevènementistes ou des fans de Pasqua dans les sous-commissions. On sait pourtant que la magie des noms est pour beaucoup dans la richesse d'un quartier, que la ville est poésie, littérature, fantasmes. Hélas encore, dans ce registre, le privé vaut le public. La manière dont sont baptisées quelques-unes de nos réalisations de promotion, architectures à façades plates et verre miroir, donnent le vertige des laboratoires. « Triopolis » à la sortie de Bordeaux, « Végapolis » et « Polygone » à Montpellier…, ce sont des noms de maladie du sang.

Le régionalisme, voilà l'ennemi !

Face à tant de médiocrité moderne jugée à l'aune de l'explosion urbaine et stylistique internationale, on peut comprendre que certains élus s'arriment à des enthousiasmes d'autrefois. A la mondialisation ils opposent un enracinement bon teint. Par crainte de se tromper, ils recopient, singent le local. Dommage, car l'ennemi de toutes les modernités, c'est ce provincialisme-là, tendance lourde de l'architecture française. Plus que tout, ce sont les entreprises de maisons sur catalogue qui en distillent le poison. Et l'on ne compte plus les faux colombages normands, les toits de chaume à bas prix, les ardoises « façon » Trelazé. L'Alsace, la Provence comme la Picardie nappent le territoire d'une pellicule bâtie qui tient des pellicules tout court. C'est blanchâtre et ça fait tache. Des portions gigantesques de la côte bretonne sont ainsi défigurées par cet habitat individuel sans qualité, et les efforts du Conservatoire du littoral ne peuvent freiner l'inexorable bétonisation en costume folklorique de nos rivages. Certes, quelques architectes locaux se sont fait une clientèle en puisant dans de pseudo-racines. Ils séduisent l'aspirant à la maison individuelle haut de gamme en réussissant la prouesse de maintenir avec des techniques d'aujourd'hui une écologie d'hier ; mais pour une maison édifiée avec talent par le tandem bordelais Lacaton-Vassal, pour un monument comme la maison Lemoine de Rem Koolhaas, combien de baraques lamentables ! L'architecte Rudy Ricciotti, Perceval de la qualité contemporaine, a su édifier une maison plate comme une limande sur la colline du mont Faron à Toulon. Sa villa vaut tous les manifestes. Moderne absolument, elle disparaît dans les frondaisons, tandis qu'autour d'elle, l'encerclant comme des pustules, des maisons toutes plus régionales les unes que les autres, débordantes de tuiles romaines, souillent le paysage. Le régionalisme, voilà l'ennemi.

Trop tard ! L'engouement pour le rustique de pacotille ne saurait s'infléchir quand on voit avec quel plaisir gourmand les ingénieurs des DDE (Direction départementale de l'équipement) se sont rués sur la manne des ronds-points. Stricts et nus à l'origine, ces rondelles de carrefours sont en train de muter en écomusées *drive-in*. De plus en plus grands, de plus en plus hauts, ils s'équipent de tout un fatras, de tout un décorum censé suppurer le *nec plus ultra* du vernaculaire. A Nîmes, ce sont des silhouettes de bergers et de moutons plantés dans le disque de gazon qui égaient la rencontre des quatre voies rayonnantes ; dans les Côtes-d'Armor, ce sont des cabines de bains, des coquillages, des canots qui s'amoncellent comme dans un bric-à-brac de brocanteur à ciel ouvert. Et ce mouvement, dont on sait qu'il trouve sa justification morale dans le surcroît de sécurité offert aux automobilistes, et sa raison supplémentaire dans le pourcentage qu'y glanent les ingénieurs de la voirie, ne s'arrête pas là. Le néo-régionalisme est en passe de broyer tout ce que nos villages avaient encore d'authentique. Chaque commune se doit de fleurir ses trottoirs, de les couvrir de pots géants où se disputeront les essences les plus criardes, roses, rouges, violettes. Les séparateurs de voies façon céramique, brique, empierrement « tradition » ne sauraient faire défaut. Bref, tout le paysage français semble avoir été « redesigné ». L'inculture que signe cette indigestion « nouveau riche » de nostalgie de bastringue voue à l'opprobre, sans doute, une bonne part des architectes, mais elle accuse surtout les responsables des permis de construire, les fonctionnaires des DDE, et tous leurs clients. Elle voue au pilori le président de la République lui-même. Jacques Chirac ne soutient-il pas que son bâtiment de prédilection, c'est le Ponant, cet ensemble de verre miroir posé en bord de Seine face à l'hôpital Georges-Pompidou, et qu'il vénère encore l'architecte Olivier Clément Cacoub, auquel il voulait confier la réalisation d'une œuvre monumentale à la porte Maillot, deux demi-arches habitées, comme on peut en rencontrer entre un aéroport et le centre-ville de n'importe quelle république bananière ? Rappelons que la législation nationale est draconienne et qu'elle n'autorise pas les architectes à jongler avec les matériaux, mais impose trop souvent des couleurs et des matériaux « intégrés ». Les « bons » rusent et se battent ; les faibles obtempèrent. Hélas, la patine du temps ne se décrète pas, et le neuf fait toujours clinquant quand il veut singer l'antique.

Aussi, la tentative menée par Jean-Paul Viguier pour intégrer au maximum les deux bâtiments « modernes » qu'il vient d'édifier au ras du pont du Gard, cet ouvrage d'art romain d'exception, appelle-t-elle quelques commentaires. Certes, l'espace patrimonial est préservé de toute souillure anachronique, nul autocar, nul sanitaire, nulle échoppe visibles depuis l'aqueduc. Parfait. Mais que dire des touristes aux allures de barbares, en survêtements fluos, baskets et boucle d'oreille ? Devant le déferlement de ces hordes dont nous faisons tous partie, l'architecture doit-elle être neutre à ce point ? On opposera à ces deux bâtiments sans qualités l'exceptionnel tracé de la rampe d'accès à la grotte de Niaux, en Ariège, construite par Massimiliano Fuksas, œuvre puissante et superbe d'intégration et de modernité. On rappellera aussi la proposition de l'architecte Jacques Hondelatte, invité à plancher sur la réfection des modes d'accès au Mont-Saint-Michel, autre monument phare hexagonal, submergé bien plus par les flots de touristes que par ses marées d'équinoxe. Prenant acte de ce que les pèlerins ont toujours fait partie du site, Hondelatte a préconisé de construire une gigantesque digue-pont-parking venant mourir au ras des murailles. Des milliers de voitures auraient pu y stationner. Le projet, par sa violence, ne pouvait que susciter le rejet le plus absolu ; il n'empêche, il pose la question de la conservation patrimoniale. Le Mont-Saint-Michel est-il mort et enterré ou fonctionne-t-il encore, aussi, comme un lieu de culte, un lieu vivant ? On notera également que, pour beaucoup de Vénitiens, l'interdiction de toute construction nouvelle voue la cité des Doges, parangon de l'espace préservé, à la mort par asphyxie touristique. Ce serait se masquer la face que de ne pas le reconnaître. Même les sites les plus symboliques doivent accepter une évolution qui les maintient en vie. Car, et selon la remarquable formule de Frank Gehry, l'architecte du musée Guggenheim de Bilbao : « Le progrès est une avalanche. Si l'on reste immobile, on est enseveli. » Quelle mort atroce que d'être enseveli sous des santons de Provence, des roues de charrette transformées en luminaires et des villas côtières muées en hospices pour nains de jardin !

Villes « redesignées » d'un côté, rues et boulevards livrés au design *corporate* de l'autre. Il y a encore dix ans, la France échappait à cette déferlante qui déjà rendait uniformes les villes anglaises. Depuis, les chaînes de magasins ont fondu sur nos centres-villes. Avignon, Paris, Clermont-Ferrand, Lille, c'est du pareil au même : une succession de Zara, Gap, Marionnaud, Kookaï, Foot Locker, Paul... Pour enfoncer le clou, la vogue de la rue piétonne, aseptisée bien sûr, a définitivement expurgé tout charme urbain de ces lieux essentiels à la vie d'une cité. Le retour du tramway à Bobigny, Montpellier, Strasbourg... pourrait à terme bousculer tout cela et c'est tant mieux. Les Suisses et les Allemands ont compris depuis longtemps qu'il fallait créer de l'événement pulsionnel dans ces goulets que sont les rues piétonnes. Le vrombissement sympathique de la rame malmène un peu l'aspect tunnel à shopping de ces non-lieux collectifs.

En attendant, une fois encore, de ce désastre environnemental, les architectes doivent être, en partie seulement, exemptés. Les responsables sont ailleurs, dans les services municipaux et dans le marché global. Ce ne sont pas eux qui ont fait de Saint-Paul-de-Vence une caricature, transformé Saint-Malo *intra muros* en correspondance de métro où se bousculent des foules livrées aux rabatteurs de crêperies bas de gamme.

Le scandale absolu des entrées de ville dont la France s'est fait une spécialité y trouve aussi son odieuse justification technique. Après avoir systématiquement détruit l'environnement proche de nos communes par l'implantation, dans les années 70, de lotissements pavillonnaires, on s'en est pris au cercle suivant, en imposant un tsunami de zones de chalandises d'une médiocrité absolue. Sans même posséder le savoir-faire des Américains, dont le *mall* ou *shopping center* est une donnée culturelle et une nécessité, nous avons tiré le long des grands axes de pénétration des esplanades de hangars, de boîtes à chaussures métalliques où les Bricocenter, les Jardiland et les Intermarché donnent à Toulouse la même élégance qu'à Roubaix. Le responsable d'une telle gabegie de l'espace, ce n'est pas l'architecte qui signe sa énième cahute de tôle, mais la course à la taxe professionnelle qui conduit toutes les municipalités à se vendre aux entreprises de distribution. On sait que la privatisation de l'espace public est une donnée fondamentale du siècle qui s'annonce. Sur ce plan, et sur nombre de pays européens, nous avons pris de l'avance. Ce n'est pas sombrer dans la paranoïa simplificatrice d'un José Bové que de le reconnaître. Face à une telle adversité sans style, on peut comprendre que, de temps à autre, des adeptes de Le Corbusier se sentent modernes.

Vile architecture et architecture de ville

Cette dernière remarque permet de pointer une autre source de confusion, celle qui règne en maître entre l'architecture et la ville, entendue aujourd'hui comme le réceptacle et le catalyseur de tous nos problèmes sociaux. Par une dérive inquiétante, la préoccupation d'hier des architectes – transformer toute la société par l'architecture et l'urbanisme, rêve d'ordre nouveau porté par Le Corbusier et les CIAM (Congrès international d'architecture moderne) – est reprise à présent par les politiques, qui, à coups de ministère ou de secrétariat à la Ville, espèrent estomper la « fracture sociale ». Tapie, Raoult, Bartolone – les figures de proue se sont succédé au chevet des cités. On sait que Le Corbusier fut un architecte à philosophie autoritaire, on pensait les architectes revenus de cette idée qu'un bon plan urbain rendrait les foules radieuses pour ne pas dire dociles. Mais voici que, depuis peu, sous la pression des « élus » ravis de trouver dans les référendums d'aménagement urbains locaux une panacée à la désaffection des populations pour les scrutins classiques, les architectes sont appelés à sauver la politique. Lors des dernières « Journées de l'architecture » (Halle de la Villette, novembre 2000), élus et architectes se sont épaulés à la tribune pour exposer leurs actions communes. Sans la moindre retenue, ils ont montré à quel point ils étaient prêts à rejouer ce qu'ils avaient condamné la veille : le plan urbain, la programmation globale. Certes, dans leur attitude, on discerne l'opportunisme des uns, rompus au discours politique (Yves Lion entre autres, bien décidé à mettre la main sur l'aménagement de la Plaine-Saint-Denis, vaste territoire promis à un fort décollage si d'aventure Paris organise les Jeux olympiques de 2008), et la naïveté des autres. Comme ils ont l'air étonné, ceux-là, de redécouvrir « la consultation des usagers », cette vieille tarte à la crème de tout aménagement social. Comme ils ont l'air surpris, ces néo-modernes, de ce que la population leur demande d'arrondir leurs angles droits, de construire en somme un peu moins leur doctrine et un peu plus leur ville ! Quoi qu'il advienne de ces projets, le mal est fait. Ils servent à nous imposer encore et toujours la sacro-sainte réforme urbaine, hypothétique viatique, hélas reporté sans cesse pour cause d'émeutes ou de coupes budgétaires. Aux difficultés d'intégration des minorités « beurs », « blacks »..., on oppose, avec la complicité des aménageurs de tout poil, architectes compris, la citoyenneté urbaine, sorte d'effet « coupe du monde » en façade. On sait que cette dérive a conduit à la nomination show-bizz d'un Bernard Tapie au poste de ministre de la Ville, expression la plus détestable du fait du prince. Que Tapie ait pu développer ensuite un discours populiste assurant qu'une multiplication des terrains de basket résoudrait la crise de la banlieue, des jeunes et de la cité se passe de commentaires. Quelle que soit la réalité du désastre urbain, l'insistance avec laquelle on tente de faire passer l'un pour l'autre enfonce le clou d'une idée reçue : l'architecture est responsable de tous les maux de la violence urbaine. Pour en sortir, les gouvernements successifs ne cessent d'innover. Dans la foulée des GPU (grand projet urbain), voici venu le temps des GPV (grand projet ville). Plus de cinquante projets labellisés. Après le battage fait autour de l'opération « Banlieues 89 », menée sabre au clair par Roland Castro et Michel Cantal-Dupart, on doute pourtant de la méthode. Certes, la multiplication des actions volontaristes a su montrer combien il était urgent de s'intéresser à la banlieue, et le succès d'un film comme *La Haine*, de Mathieu Kassovitz, l'a bien prouvé. Toutefois, parier sur des vérandas ajoutées en façade et de la peinture fraîche sur les pignons pour conjurer le chômage et la violence, c'est faire trop de crédit au pansement architectural.

La question de la banlieue est assurément essentielle. Il faut penser un urbanisme qui saurait l'intégrer, qui cesserait d'enclore les villes dans des périphériques-barrières de classes infranchissables ; on en est loin [4]. Pour distraire les foules, on les hypnotise par quelques destructions spectaculaires de barres et de tours. On fait sauter les HLM pourries des Minguettes, de Vaulx-en-Velin, la Muraille de Chine à Saint-Étienne, les Tarte-

4. Des édiles en mal d'activité ont récemment lancé l'idée d'un concours visant à dresser, ici ou là, des portes de Paris monumentales ! Comme si le « périph » ne remplissait pas déjà ce détestable office.

rêts, l'immeuble Renoir aux 4000 à La Courneuve, et chaque explosion culpabilise un peu plus les architectes montrés du doigt. Rasons l'architecture maudite.

Il est vrai que les architectes, longtemps exclus du champ de la commande, se sont retrouvés dans les années 50, puis durant les années de la reconstruction d'après-guerre, investis d'un pouvoir extrême. Au début des années 70, on construisait 500 000 logements par an, et ce sont près de 13 millions et demi de logements neufs qui sont sortis de terre en quatre décennies, quantité bien supérieure à tout ce qui avait été bâti jusque-là. La France est un pays neuf, et la destruction spectaculaire de quelques barres n'est qu'une goutte d'eau dans la mer des « cités ». On se souvient que les effets de cet urbanisme ravageur ont même donné naissance au néologisme infamant de « sarcellite » et le jugement populaire s'est fait plus radical. **En résumé, l'architecture, c'est ce qui est moche et vieillit mal**. Ce qui n'est pas complètement faux. Gardons toutefois à l'esprit que ces logements édifiés dans l'urgence étaient censés céder leur place à d'autres, de meilleure qualité. Près d'un demi-siècle plus tard, ils nécessitent tous des travaux de remise aux normes, ne serait-ce que pour satisfaire à des impératifs de sécurité. A défaut, ils passent pour ce qu'ils sont : un ersatz surdimensionné de l'électroménager des années 60. Plutôt que de les entretenir, on veut les mettre à la poubelle. L'architecture n'en sort pas grandie.

Aujourd'hui, seul un Français sur dix vit en milieu

rural, encore faut-il s'entendre sur cette distinction rural/urbain. Chaque jour, elle perd de sa force et cela brouille un peu plus nos grilles de lecture spatiales. Ce n'est pas tant la ville qui dévore la campagne qu'un flou qui s'instaure entre les deux. La distinction se perd entre l'un et l'autre. Il y a vingt ans, des sociologues en étaient encore à forger le concept de « rurbain » ; celui-ci est aujourd'hui dépassé. Les entrées de ville, les abords de zone de chalandises, à quel monde appartiennent-ils, à la campagne, à la ville, à l'espace mondialisé des friches promises au shopping ?

C'est sur ce désarroi que prend forme le succès international, mais d'abord hexagonal, de Rem Koolhaas, coqueluche de nos maîtres d'ouvrages publics et privés. Municipalité de Lille, patron du quotidien *Sud-Ouest*, directeur de la revue du bâtiment *Le Moniteur AMC (Architecture Mouvement Continuité)*, critiques spécialisés en architecture, tous ne jurent que par Koolhaas, jusqu'à la maison de luxe Prada qui vient de lui confier une part de ses enseignes. Koolhaas est partout : de l'IFA à Arc en rêve à Bordeaux (pour l'exposition « Mutations », 24 novembre 2000-24 mars 2001), en passant par les grands magazines branchés du Net comme l'américain *Wired*. C'est que le Hollandais est l'un des rares architectes capables de produire de la théorie prospective, tout en s'en défendant. Après avoir planché sur le boom de Shenzhen, en Chine, il en est venu à vanter les charmes de la ville africaine de Lagos, pourtant reconnue comme l'un des sites urbains les plus chaotiques et les plus violents de la planète. Justement, c'est en usant de cette tarte à la crème du chaos que Rem Koolhaas a séduit les fonctionnaires. Comme Le Corbusier avant lui, Rem Koolhaas dupe, manipule ses interlocuteurs contents de dénicher enfin un architecte doté d'un discours sur la ville, non pas seulement recroquevillé façon écolo, mais ouvertement dérangeant, bousculant et donc *a priori* décoiffant. En vérité, Rem Koolhaas a fait sienne l'approche des sociologues pour qui « les faits sont la loi ». Leur primauté veut qu'on s'y conforme. En déclarant que, dans le monde, l'espace public a vocation à devenir, partout et de plus en plus vite, un espace privé, il n'a pas tort. C'est même là peut-être le phénomène fin de siècle majeur couplé avec l'omnipotence du shopping comme première activité mondiale. Partout, le public va, au mieux, quérir dans les zones de chalandises ce qu'il allait chercher dans les aéroports dans les années 60, une communion avec le cosmos, le sentiment d'être saisi dans un espace en tension ; au pire, il court s'annihiler dans un *continuum* en boucle de sollicitations commerciales.

On aurait pu espérer, toutefois, de la part d'un tel analyste de l'urbain, moins d'adhésion et plus de sens critique. C'était trop demander. A sa manière, Rem Koolhaas porte dans le champ de l'architecture la dimension postmoderne à l'œuvre en philosophie, celle qui, dans le champ scientifique, substitut le performant à l'éthique et même à l'esthétique. Si la ville chinoise a le vent en poupe, il faut lui voler une part de sa dynamique pour accélérer avec elle, tout en reconnaissant à l'architecture une vertu rebelle qui serait précisément – statisme et durée de mise en œuvre obligent – sa négation de la vitesse. Rem Koolhaas a le discours souple et circulaire. On aura compris qu'il est très au-dessus de la mêlée – et d'autant plus inquiétant. Qu'importe alors qu'à ses analyses pertinentes il apporte des solutions formelles dont la faillite est avérée depuis les années 60 ! En France, où l'on est toujours à la recherche d'un maître penseur, on l'adule, on l'adore.

Quand moderne veut dire réac

Ainsi, et **contrairement à ce qu'on s'imagine, les années 60 ont encore leurs fanatiques**. Elles en ont même de plus en plus, car leur décor pseudo-technique délabré se pare d'une patine « pays de l'Est » dont l'exotisme fait défaut aujourd'hui aux esthètes les plus cyniques. Voilà pourquoi, au flanc des défenseurs du patrimoine qu'on savait versés dans l'amour de la vieille pierre, de la dorure et du style classique, se mobilisent maintenant les bataillons du Mouvement moderne. Rendant coup pour coup à Maryvonne de Saint-Pulgent, cette éphémère directrice du Patrimoine qui fut aussi l'ardente incarnation de l'amour de l'Antique, ils militent pour sauver des pelleteuses les chefs-d'œuvre du XXe siècle. Regroupés dans l'association Docomomo (section française de l'Association pour la documentation et conservation des édifices, sites et ensembles urbains du Mouvement moderne, ouf!), ils prônent, derrière leur chef de file, l'universitaire Gérard Monnier, un classement tous azimuts des bâtiments contemporains tels que la faculté de Jussieu. L'amiante et le coût faramineux de son éradication ne suffisent pas à les convaincre de la nécessité d'en finir avec un échec urbain pourtant manifeste. Certes, cet édifice, comme tant d'autres, témoigne de l'état de l'architecture et de l'urbanisme à un moment donné, mais l'entropisme de leur vision protectrice est évident. A terme, c'est à un gel du territoire que l'on risque d'être confronté, à l'image de ce que réclament déjà les archéologues pour qui tout sous-sol est un coffre-fort dont les trésors n'aspirent qu'à l'exhumation. Cette volonté maximaliste de fossilisation du patrimoine moderne porte en elle la contradiction de l'architecture, objet daté aspirant à la pérennité et sans cesse appelé, pourtant, à s'effacer devant des bâtiments plus actuels. La modernité aussi est une nostalgie. Dans cette volonté de tout sauver au nom de l'Histoire, comment ne pas voir l'actuelle prééminence de la notion de témoignage? L'« ère du témoin » n'a pas seulement envahi les prétoires, elle s'insinue partout, dans la société tout entière. En son nom, en son culte, rien ne doit disparaître qui pourrait porter témoignage. Or on confond ici le témoignage utile et ce qui encombre. Non, tous les bâtiments ne parlent pas pour l'Histoire.

Certains méritent d'être sauvés, d'autres non. Encore faut-il, pour réaliser ce tri nécessaire, que nous ayons le courage de choisir, de prendre parti.

Quand la mode est une insulte

C'est en vérité une question centrale. Faut-il, oui ou non, mettre l'architecture sous cloche, transformer le paysage en « musée » – décision qui ne manquerait pas de recueillir l'adhésion de foules innombrables – ou bien accepter l'inexorable loi de la nouveauté, de la modernité en marche, métisser l'existant, le bousculer, l'altérer, le remplacer ? Ce débat, loin de n'opposer que des réactionnaires « vieille France » à des boutefeux *destroy*, agite encore jusqu'aux modernes.

Dans cette catégorie, une première part penche pour la modération. Membres d'écoles néo-régionalistes (construire moderne mais dans le style vernaculaire) ou adeptes du Mouvement moderne (Le Corbusier encore et encore), ils défendent un prototype urbain qui a fait ses preuves au point de s'inscrire aujourd'hui comme l'archétype de la ville européenne, la rue, la place, l'îlot, le pâté de maisons si l'on préfère.

L'autre part rue dans les brancards et laisse de la gomme sur les chaussées qu'elle emprunte à fond de train. High-techs, postmodernes, néo-modernes, koolhaasiens, que sais-je encore ! ce sont les bâtisseurs de la ville du XXIe siècle. L'accélération planétaire est leur argument. Tout bouge, tout change, tout mute. Il faut donc faire le ménage, construire sur dalle, ouvrir des brèches pour les autoroutes, les lignes de TGV... Effet de mode ?

Quelle horreur ! On l'a dit, on le répète, dans le milieu des architectes, la mode est une insulte. Pour les fidèles respectueux du territoire urbain tel qu'il est, la mode c'est le « grand Satan ». Rien n'est plus insultant à leurs yeux que d'être traité d'architecte à la mode. En un sens, ils reprennent à leur compte les propos d'Elias Canetti, prix Nobel de littérature, pour qui le pire qui puisse advenir à « un écrivain, c'est d'être à la mode de son vivant ». Dans ce refus de la tendance, du moment, ces architectes, issus d'une France où la modernité est jugée contraire au patrimoine (sauf pour les « énergumènes » sus-décrits de Docomomo), ces architectes donc se retrouvent englués dans un élitisme qui les isole. Qu'ils n'aillent pas s'offusquer ensuite de ne point être entendus d'un public considéré comme inapte à la musique des sphères architecturales. Cet isolement révèle leur sectarisme. Ce qui fait le charme d'une ville, c'est ses bâtiments datés, autrement dit démodés. Ils furent au goût du jour autrefois ; ils ne le sont plus.

En parcourant une cité, l'histoire urbaine se déploie devant nos yeux. La ville est un « livre de pierre » dont chaque bâtiment est une page, chaque quartier un chapitre. Se plaint-on du charme suranné des vieilles voitures ? Ne peste-t-on pas contre les carrosseries toutes identiques ? Quel bonheur cela serait de voir circuler sur nos boulevards les vieilles Panhard-Levassor, les

De Dion Bouton, les Juva IV, les 403 et autres Tatra à épine dorsale… Eh bien, ce plaisir, la ville nous l'offre avec ses bâtiments, puisque son parc demeure et vieillit sous nos yeux quand on ne le détruit pas à la pelleteuse. D'ailleurs, il y a plus d'une analogie entre une voiture et un immeuble. L'un et l'autre abritent, l'un et l'autre enveloppent des corps d'êtres humains. Tout le monde, hormis les SDF et autres laissés-pour-compte de l'abondance, ne possède-t-il pas aujourd'hui, dans nos régions tempérées, un véhicule et un logement ?

En niant aujourd'hui ce qui fut le sel de la ville d'hier, en refusant d'imprimer dans la pierre, l'acier, le béton, la marque de l'époque qui les produit, ces architectes, tout respectueux du passé qu'ils soient, balaient en vérité ce qu'ils prétendent défendre. A moins, bien sûr, d'estimer la ville mature, arrivée à son stade de développement ultime et bonne à figer. Mais, ce qui peut paraître une solution de bon sens à Venise, tant la ville mérite sans doute d'être conservée dans son « jus » (ce qui n'est même pas certain, voir plus haut), doit-on l'appliquer partout ? Va-t-on devoir vivre dans un musée ? Et, si oui, faut-il admettre que les populations qui les composent évoluent, se métissent ou faut-il les protéger elles aussi de toutes pollutions extérieures, maintenir leur pureté ? On voit comment la crispation écologique urbaine peut aboutir à d'inquiétantes dérives idéologiques.

Cette position conservatrice porte en elle sa propre condamnation. Au quotidien, le refus d'une architecture actualisée ne peut qu'aboutir à la prolifération de bâtiments de style neutre, nouvelle version du style international qui s'est répandu à partir des années 50 sur la planète. Celui-ci couvre aujourd'hui Rome des mêmes édifices qu'à Chicago ou à Kuala Lumpur. Qui n'a ressenti l'amère déception du voyageur parcourant, au sortir d'un aéroport standard, la même avenue pour rejoindre le même hôtel dans un quartier d'affaires identique à celui qu'il fréquente chaque jour à cinq mille kilomètres de là ? Face à ce phénomène planétaire de reproduction à l'identique, il faut plaider pour une créolisation de la culture urbaine. La solution n'est pas dans le pastiche de ce qui fut, ni dans l'adhésion au nivellement mondial, mais dans la réinterprétation partout de ce qui voudrait s'imposer comme credo unique. C'est dire le talent que cela suppose.

C'est dans cette tenaille que se trouve pincée l'architecture, saisie entre une nécessaire protection de ce qui est et l'obligation d'édifier encore. Un musée n'est vivant que par la jeunesse de ses visiteurs et ses nouvelles acquisitions. Sinon, c'est un tombeau. Il en va de même pour toutes les cités.

Fausse modestie

Cela est d'autant plus vrai que la vulgate voudrait faire de l'opinion publique une voix plus réactionnaire qu'elle n'est. La modestie revendiquée par nos architectes, donneurs de leçons à haute teneur et morale et sociale, ne tient pas une seconde face à la réalité de la perception des publics. Ceux-ci sont bien moins frileux aujourd'hui qu'on ne le suppose. Le cinéma les a, depuis quelques décennies, habitués aux pratiques de la déconstruction, et les flash-backs, les ellipses, les fondus enchaînés, les caméras subjectives sont intégrés par tous comme autant de modes d'appréhension du monde. Le récit par épisodes, le bon vieux feuilleton ou le télescopage façon *Short Cuts* (nouvelles de Carver adaptées à l'écran par Robert Altman) aussi fragmentés qu'ils puissent être ne révulsent plus personne. Qu'un film débute par la fin, que deux bobines soient même interverties, et le spectateur les remet de tête dans l'ordre. Là aussi, les spectateurs « rectifient d'eux-mêmes ». Il en va de même avec les architectures.

Sans le savoir, le citadin d'aujourd'hui est rompu aux bizarreries formelles. Beaubourg peut voisiner avec Notre-Dame sans que nul n'en soit bouleversé. Il n'empêche, nos architectes modernes continuent de vouloir jouer la placidité modeste par crainte d'effarer le chaland. Et que ce dernier se soit fait depuis longtemps aux plates-formes pétrolières, à la Fondation Cartier ou aux logements exceptionnels de Frédéric Borel (rue des Pavillons, dans le XXe arrondissement à Paris) ne les fait pas évoluer d'un pouce, pas plus que l'unanimité en faveur du musée Guggenheim de Frank Gehry à Bilbao.

Il serait temps d'évoluer, de comprendre que, loin d'être un objet abscons, l'architecture est un air qu'on respire, sans y penser. De cette osmose, de cette interface entre l'homme et l'espace bâti, il y a tant de force à tirer qu'on se moquerait de cette prétention modeste si elle n'avait l'invalidante grandeur des assommoirs totalitaires et bien-pensants.

Tout de même, on peut imaginer cette tendance en déclin. Il y a quatre ans, les critiques du *Moniteur* et autres revues associées (*AMC*) boycottaient l'inauguration de la Biennale de Venise et négligeaient de publier quoi que ce soit sur le musée Guggenheim de Bilbao. En quelques années et sous l'impulsion d'opérations comme Archilab à Orléans, une nouvelle génération d'architectes nourris d'informatique s'est jetée sur le marché. L'Américain Greg Lynn, « informarchitecte », encore inconnu il y a quelques années, était l'invité du pavillon des États-Unis à la Biennale de Venise 2000 et s'exposait encore dans celui du pays d'accueil, l'Italie. Cela pour dire que le plus affligeant de la prestation française – « on n'expose rien, on critique tout, on est meilleur que la terre entière » –, ce ne fut pas qu'on l'ait dû à des tenants du « néo-modern'style » mais à quelques-uns (Jean Nouvel en tête) de leurs prétendus opposants résolus ! La modestie est souvent une hypertrophie du moi.

QUATRIÈME PARTIE

Maison close ou maison de verre ?

Un frémissement

La médiocrité d'une grande part de la production architecturale française est d'autant plus désespérante que cette discipline pourrait sortir de son ghetto. Quelques signes de frémissement le laissent entrevoir. Le simple fait, par exemple, que des architectes soient invités à participer à l'exposition sur « La Beauté » en Avignon, au même titre que des peintres, des sculpteurs ou des vidéastes, prouve qu'ils sont au moins promus « créateurs ». Logique en vérité puisque, à leur manière, ils enveloppent les corps comme des couturiers « in ». Sans rendre l'architecture populaire, cela l'inscrit déjà dans la sphère culturelle. C'est l'élitisme contre l'oubli.

Ce n'est pas tout. Débats, expositions, colloques, pages de magazines, articles de journaux et même développement du tourisme industriel sont autant de preuves, tangibles, d'un renouveau. L'architecture est à part entière une préoccupation écologique. Préserver le paysage, c'est également sauver la ville, et les peurs que le gigantisme des mégapoles suscite pourraient, paradoxalement, aider à rendre l'architecture plus « humaine », voire plus « humanitaire » pour ceux qui ont à cœur de penser une architecture d'abri pour SDF, errants et nomades.

Paradoxalement, on peut se demander encore si l'explosion du virtuel n'est pas en train de promouvoir l'architecture, art du concret par excellence. « Ceci tuera cela », écrivait Victor Hugo dans *Notre-Dame de Paris*, persuadé que le livre, et donc l'écrit, rendrait un jour obsolètes les cathédrales supports de fresques et de sculptures. Aujourd'hui, et parallèlement à l'érosion de l'écrit, la conquête des arts visuels pourrait sonner la renaissance de l'architecture, art symbolique par excellence. « Dans un monde voué chaque jour à la virtualité grandissante, la chance des architectes, dit Jean Baudrillard, c'est d'être les derniers à ériger des objets », autrement dit : des bâtiments, en dur. Dans le grand n'importe quoi du cybermonde, ce n'est pas donné à tous.

Les musées, nouvelles cathédrales

La folie des musées est à ce titre symptomatique. On a dénombré pas moins de 150 musées réalisés en moins de deux années de par le monde, et ce mouvement ne cesse de s'amplifier. L'année dernière, c'était au tour de Beaubourg de subir un lifting en règle, tandis que la Tate Modern de Londres s'installait au bord de la Tamise. La même année, le musée des Arts premiers, version quai Branly, faisait l'objet d'un concours international. A l'évidence, ces musées sont devenus les cathédrales du millénaire qui débute. Ainsi, et par un étrange mouvement pendulaire, l'art, autrefois support d'imaginaire, devient, tout en se sacralisant, l'objet d'un culte du réel. On se rend au musée pour être dans la concrétude des foules, masses mises à mal par la virtualité du tout-écran. La spiritualité de l'art profane sert de bouée au naufragé du nouveau monde en gestation. En ce sens, et pour poursuivre les propos de Baudrillard, oui, l'architecture joue un rôle fondamental, au sens propre, celui de fondation.

Prise en tenaille entre des techniques de production lourde (béton, acier, chantier, BTP...) et l'aspiration globale à la virtualité, l'architecture se trouve sévèrement bousculée. Ses promoteurs architectes ont bien compris qu'ils devaient, eux aussi, plancher sur la question du « moins de matière, plus de sentiment », selon la formule lumineuse du pape des designers, Philippe Starck. On comprend qu'il ne soit pas facile pour le public de saisir les enjeux qui traversent actuellement l'architecture, surtout quand celle-ci s'affronte à des volontés formelles de disparition. Jean Nouvel a tenté, avec brio, d'aborder ce tournant avec la Fondation

Cartier, boulevard Raspail à Paris, et il récidivera quai Branly. Dominique Perrault a lui aussi avancé l'argument de la disparition de l'architecture pour justifier les quatre tours de verre de sa Bibliothèque de France ; on peut dire sans choquer qu'il n'a pas convaincu.

Il est vrai que, dans une période de bouleversement mondial des comportements, les architectes se retrouvent bien seuls pour penser le monde virtuel et modifier, en conséquence, leurs manières d'agir. On ne peut que constater leur solitude. Pour le moins, les philosophes dont ils quémandent les lumières ne sont pas habités par l'espace qu'ils habitent. Si Bachelard et Heidegger ont écrit sur l'architecture, nombre de nos penseurs actuels n'ont pas la culture visuelle suffisante pour les imiter. Ceux qui s'y risquent sont confinés aux rayons « histoire de l'art » ou « esthétique ». Leurs propos trouvent preneurs mais dans un cercle étroit. Il faut dire que la veine française de la critique sociale a focalisé l'attention des intellectuels moins sur l'architecture que sur la ville et ses populations (Henri Lefebvre, Françoise Choay...). Seul Jean Baudrillard s'est récemment risqué à tenter une approche de l'architecture, il faut le dire, d'une grande faiblesse théorique. Et sans Paul Virilio, penseur hors norme et singulier, le vide serait total.

Sur qui compter alors pour voir l'architecture briser enfin le cercle d'incompréhension qui l'isole et la voue à des critiques simplistes ou des promesses de corde ?

Sur qui tabler pour que l'architecture, véritable maison close, soit enfin une maison de verre ? Ils ne sont pas si nombreux ceux dont les paroles et les actes pèsent un tant soit peu. Certes, quelques individus sont régulièrement consultés quand il s'agit de composer un jury, d'envisager une réforme de l'enseignement, de la profession, d'entamer une réflexion urbaine..., mais leur poids n'est plus ce qu'il était. Pour preuve, quand il s'est agi de trouver un successeur à François Barré à la direction de l'Architecture, ce fut soudain le grand désert. Pour mieux comprendre encore les mécanismes d'un univers assez opaque, il faut en connaître les personnages clés et s'arrêter un instant sur François Barré justement.

Directeur de l'Architecture jusqu'en septembre 2000 – aujourd'hui chargé de mener à bien le projet de Fondation Pinault pour l'art contemporain –, il est à lui seul un sujet de recherche. Énarque, il a fait toute sa carrière à gauche ; il a présidé un temps le Parc de la Villette, le Centre Georges-Pompidou et, s'il demeure toujours un homme proche du pouvoir, il n'en a pas pour autant lâché son duffle-coat vert bouteille. On pourrait juger cette remarque superflue, on aurait tort. Ce duffle-coat a longtemps habillé une politique, celle vaguement Beaux-Arts qui veut que l'architecture demeure bohème, qui veut encore que la capuche rappelle la hotte du Père Noël. De fait, une fois reconnue l'extrême affabilité du personnage, il faut admettre aussi le caractère ectoplasmique et finalement nocif de ses décisions. Le principal reproche qu'on pourrait faire à François Barré est… d'avoir laissé faire, autrement dit encouragé. Sous des dehors décontractés, il a ouvert le champ aux forces en place, aux clans, sacrifiant au maintien d'une entente cordiale ses soucis d'innovation. S'il est vrai que François Barré a démissionné parce que son ministre de tutelle lui refusait les moyens de toute politique, il a participé aussi à la déstabilisation de l'enseignement de l'architecture. En définitive, ses actions se sont concrétisées dans la volonté de constituer le pôle ultra-centralisateur de la Cité de l'architecture et du patrimoine. Bien entendu, en excellent politique, il a su décerner aux uns comme aux autres prix et médailles, contrebalançant par l'ostentatoire des cérémonies publiques les pratiques de coulisses. L'écouter discourir était une grande leçon. Pas un nom, pas un rouage qui ne soit omis dans les remerciements, les salutations, les satisfecits. Le savant dosage des nominations valait pour hiérarchie. On finissait bien par s'endormir, mais rassuré ; l'administration demeurait. Osons le dire : c'était navrant, d'autant plus que François Barré, homme indiscutablement chaleureux, connaissait et l'architecture et les architectes. Il aurait pu mieux faire. De fait, sa démission a été saluée par un concert d'articles de presse qui en a surpris plus d'un, ministre de la Culture en tête. C'est qu'au cabinet de Catherine Tasca nul n'avait mesuré l'attachement d'une profession à son directeur ; attachement qui a fini par ligoter François Barré, victime d'une trop grande familiarité avec tout un milieu. Trop de proximité englue.

Peut-on compter sur les autres, sur les « influences » grises ou fluorescentes, tel l'architecte Joseph Belmont (auteur de quelques réalisations discutables : l'immeuble des AGF, rue de Richelieu à Paris, ou l'ambassade de France à Moscou) ? Durant des années, cet homme de réseaux a eu son mot à dire dans les concours, et l'on sait que Dominique Perrault lui doit beaucoup. Ce dernier est devenu à son tour incontournable, non seulement pour ses réalisations mais encore comme personnalité internationale. Il est ainsi, entre autres, conseiller de la ville de Barcelone après avoir été conseiller de la ville de Bordeaux – sans lendemains.

Parmi les architectes, il faut en citer quatre :

Jean Nouvel d'abord, figure planétaire incontestée. Point faible : son côté « rebelle installé » qui le place souvent en porte à faux et le confine dans un combat personnel. Il n'empêche, il construit de Tokyo à New York.

Vient ensuite l'apparatchik de la vieille garde, autre poids lourd des réseaux : Paul Chemetov. L'architecte du ministère des Finances (avec Borja Huidobro) est d'abord un professionnel écouté par le très influent groupe du *Moniteur*, leader incontesté de la presse professionnelle du BTP avec son *Moniteur des travaux publics* et son appendice, le magazine *AMC (Architecture Mouvement Continuité)*. Campé à la lisière du monde communiste français et du RPR parisien, influent depuis des décennies, Paul Chemetov s'appuie sur le maillage de ses fidèles issus de l'AUA (Atelier d'urbanisme et d'architecture), son ex-agence de Montreuil. Là, il avait mis en selle et côtoyé des dizaines d'architectes, aujourd'hui répartis dans la mouvance néo-moderne – Christian et Marina Devillers, Bernard Paur, Yves Lion, Édith Girard et le gourou Henri Ciriani, adulé par ses étudiants… –, pour n'en citer que quelques-uns. C'est avec son fils, le paysagiste Alexandre, que Paul Chemetov a vendu l'idée, resucée, de la « Méridienne verte », opération inscrite dans la Mission de célébration de l'an 2000 et qui s'est concrétisée par « l'incroyable pique-nique » ! Difficile de juger de l'impact d'une « saucissonnerie générale » sur l'avenir de l'architecture. Animant plusieurs structures, il participe à d'innombrables concours en tant que juré ou concurrent. Épistolier débordant, il n'hésite pas à écrire pour donner son avis sur telle ou telle, pour mettre en cause, tel ou tel confrère, s'il le juge peu apte à réaliser tels ou tels travaux. Les deux jeunes architectes Jean-Marc Ibos et Mirto Vitart, lauréats du concours d'extension-réhabilitation du musée des Beaux-Arts de Lille, en firent les frais. Aujourd'hui, cette réalisation est l'un des chefs-d'œuvre de notre architecture contemporaine.

A ces pratiques, il convient d'opposer l'élégance et l'altruisme, certes sélectif, de l'architecte Claude Parent, vieux de la vieille, théoricien avec Paul Virilio de la « fonction oblique », qui ne rechigne plus aujourd'hui à pousser un jeune, à soutenir une expérimentation.

Il faut citer encore l'architecte Odile Decq, personnage décoiffant si l'on peut dire, sa chevelure noir et rouge ayant acquis un statut d'estampille. Au-delà des réalisations qu'elle a déjà signées avec Benoît Cornette, elle participe à de très nombreux jurys de concours internationaux (à Vienne, comme pour le musée des Arts premiers à Paris). Elle est en quelque sorte la voix de la France à l'étranger, situation paradoxale quand on sait les difficultés qu'elle rencontre dans son pays pour construire. Il est vrai que cet état de fait est courant et que le proverbe « nul n'est prophète en son pays » est toujours d'actualité.

A la direction d'Arc en rêve à Bordeaux, Francine Fort compte autant qu'Anne-José Arlot au Pavillon de l'Arsenal à Paris. Toutes deux sont des personnalités de poids. Elles composent des jurys, pèsent sur leurs choix de par leurs compétences, bénéficient en outre d'entrées directes auprès des maires de leurs villes respectives. Notons qu'à l'image d'Odile Decq ces rares femmes en vue ont tendance à se fabriquer des « looks » pour tenir la distance. Cheveux platine pour Francine Fort, mais aussi, durant quelques années, pour Claudine Colin, grande prêtresse des « relations presse » de tout événement architectural, véritable bouclier de Jean Nouvel.

Plus marginal mais chaque année plus influent, Frédéric Migayrou est apparu comme un trublion critique et actif, souvent honni par le milieu qui lui conteste sa légitimité architecturale du fait de ses origines « arts plastiques ». Hélas pour ses détracteurs, Frédéric Migayrou réussit ce qu'il entreprend. Avec Marie-Ange Brayer, directrice du Frac Centre (Fonds régional d'arts contemporains), il est à l'origine des opérations Archilab et Urbalab, deux manifestations qui ont réuni à Orléans une belle part de la fine fleur de l'architecture expérimentale mondiale. Il a ainsi prouvé qu'on pouvait réussir en province avec peu de moyens mais des idées, ce que des institutions écrasaient de tous leurs piétinements stériles.

Enfin, au registre des voltigeurs secouant parfois de leurs agitations désespérées la torpeur de l'architecture, il faut citer Rudy Ricciotti, architecte de Bandol à la faconde provocatrice, Dominique Lyon, architecte batailleur, courageux mais brouillon, et noter les facéties d'un Roland Castro, image sépia de l'architecte « Beaux-Arts », un jour affidé de Pasqua, le lendemain intronisé membre du bureau national du Parti communiste ou plutôt de ce qu'il en reste, opportuniste néo-festif en éternel bout de course.

Hormis les caciques de la future Cité de l'architecture et du patrimoine de Chaillot, c'est à peu près tout. Autant dire, pas grand-chose.

La *French touch* !

La médiocrité d'une grande part de la production française est encore plus exaspérante quand on sait qu'à l'étranger nos architectes sont plébiscités. Christian de Portzamparc, par exemple, a fait un tabac à New York avec la tour LVMH (Louis Vuitton-Moët-Hennessy). « *Jazzy !* » C'est par cette épithète tout en swing que la presse américaine, enthousiaste, a salué l'érection, en plein Manhattan, de son bâtiment. Cet immeuble de 112 mètres de haut, aux pans de verre coupés, plié comme une robe de soirée, a redonné espoir aux amoureux de New York. Cela faisait bien longtemps, en effet, que la ville des gratte-ciel par excellence n'avait vu surgir en ses canyons une tour de cette qualité. L'exploit de l'architecte est de taille et d'autant plus que, avant lui, aucun Français n'avait réussi à construire à New York. C'est chose faite et c'est bon signe car, dans le même temps, une cohorte d'architectes tricolores se mettent à bâtir à tour de grues aux quatre coins de la planète.

Jean Nouvel édifiera bientôt un hôtel avec logements et centre commercial en plein dans l'axe du Brooklyn Bridge à New York. Le même Nouvel construira l'extension du musée de la Reine Sofia à Madrid, une tour sur la Diagonale à Barcelone. Il faut voir la ferveur avec laquelle les habitants de Lucerne (Suisse) font la fête à l'architecte de leur auditorium-musée, dressé maintenant sur le lac, en centre-ville. On lui quémande des autographes, on le remercie les larmes aux yeux. Un hôtelier séduit lui a confié, depuis, l'un de ses établissements de villégiature dans la même ville, et le résultat est époustouflant. A sa manière, Nouvel a réussi, dans cette cité qui fut toujours par son charme suranné « suississime » la ville préférée de Walt Disney (!), à démontrer que l'architecture contemporaine pouvait être gage de continuité et d'audace, bref de fierté. Ce n'est pas rien. Lucerne est un chef-d'œuvre et l'on ne peut que déplorer que les talents d'un tel artiste ne soient pas plus souvent sollicités en France.

De son côté, Dominique Perrault, qui vient d'achever un stade et une piscine olympiques à Berlin, édifie lui aussi une tour à Barcelone, tandis qu'Andreu, l'homme de l'aéroport de Roissy, s'attelle, non sans empoignades, à l'Opéra de Pékin. L'architecte Charpentier, déjà maître d'œuvre de l'Opéra de Shanghai, a été retenu par cette même ville à la croissance folle pour édifier à Pudong, de l'autre côté du fleuve Anpu, rien de moins qu'une réplique au mètre près… des Champs-Élysées. Bref, la *French touch* fait un tabac. Pourquoi ?

Pour quatre raisons au moins : d'abord l'esprit Beaux-Arts. Même en l'an 2000, la France demeure le pays du style nouille d'Hector Guimard, une terre d'élection bohème. Montmartre, Montparnasse, ça c'est Paris ! Dans le même temps, notre pays s'affirme comme une terre de rationalisme moderne. Le style Corbu (Le Corbusier), avec ses grandes baies vitrées et ses pièces nues et blanches, est le porte-voix d'un intellectualisme qui impressionne encore les étudiants étrangers. Enfin, les grands projets de l'ère Mitterrand ont su drainer vers Paris le regard de tous les amoureux de l'architecture. Nombre d'étrangers (Pei, Ott…) ont pu construire chez nous. Ils ne l'ont pas oublié. Enfin, et c'est là le dernier point d'une *French touch* performante, les grands travaux n'ont eu qu'un temps. Après, il a fallu se serrer la ceinture. Plus d'argent dans les caisses et, surtout, à la suite de quelques polémiques comme celle éclaboussant la Bibliothèque de France, moins d'audace. Nos architectes nationaux ont dû traquer ailleurs les marchés raréfiés dans l'Hexagone. Conséquence, ils sont partout. Hourra ! oserait-on dire, si à cet enthousiasme il ne fallait coller deux bémols. *Primo*, hors les feux de la rampe dont bénéficient quelques grands noms, le marasme noie la profession bien en mal de conquêtes étrangères. L'architecture française s'exporte mal, car ses auteurs ignorent tout des mécanismes internationaux de concurrence. Surprotégés par l'État, les architectes français en sont encore les victimes, car les aides dont ils peuvent parfois bénéficier à « l'export » sont toujours remboursables quand celles affectées largement au cinéma, à titre comparatif, ne le sont jamais. 5,6 % seulement du chiffre d'affaires des architectes est réalisé à l'étranger. C'est peu. Second bémol, plus inquiétant : comment expliquer que nos excellents praticiens s'affirment meilleurs à l'étranger que sur leur propre sol ? Comment percer un tel mystère ? A cela une seule réponse : **il n'est de grand architecte qu'associé à un grand maître d'ouvrage. Sans bon client, pas de talent.**

« L'architecte doit pouvoir choisir son maître d'ouvrage », a dit un jour avec magnificence Massimiliano

Fuksas. On aura compris que ce privilège, position de force s'il en est, ne saurait être réservé qu'aux stars. Dommage, car il n'y a pas de bons maîtres d'œuvre sans bons maîtres d'ouvrage. Or c'est peut-être aussi ce qui manque le plus en France, pays où la législation fiscale, à la différence des États-Unis, ne fait rien pour encourager le mécénat privé.

En revanche, l'attitude d'un Alain-Dominique Perrin qui a su fait appel à Jean Nouvel pour réaliser la Fondation Cartier, d'un Bernard Arnault avec Christian de Portzamparc pour la tour LVMH de New York, d'un Gérard Brémond qui eut l'intuition de la station de ski d'Avoriaz, d'un Jean Bousquet à Nîmes, d'un Gilles de Robien à Amiens, d'un Jean-Pierre Sueur à Orléans, d'un Jean-Louis Borloo à Valenciennes, d'un Jean-Paul Alduy à Perpignan, et encore des frères Costes, exemplaires dans leur politique d'appel aux architectes comme aux designers pour la réalisation de leurs restaurants et cafés à Paris, mérite tous nos éloges. A Paris, on ne peut passer sous silence le poids considérable et si souvent bénéfique du président de la RIVP (Régie immobilière de la Ville de Paris), Michel Lombardini, qui a donné leur chance à de nombreux architectes. Sans lui, pas d'œuvres aussi surprenantes que les logements de Massimiliano Fuksas dans l'îlot Candie-Saint-Bernard ou de Francis Soler rue Émile-Durkheim.

Mais la question demeure d'une école de maîtrise d'ouvrage. Ne pourrait-on envisager un cursus universitaire, une spécialisation qui donnerait à ces acteurs primordiaux de l'architecture non seulement une connaissance approfondie des pratiques de l'ingénierie du bâtiment mais encore la culture architecturale indispensable, celle qui leur permettrait de naviguer entre les grands écueils que sont le conservatisme crispé, la destruction irréfléchie et la promotion sans scrupules ?

C'est un fait, la promotion immobilière privée n'a pas la cote. Pour cela aussi, il faut saluer le travail de Michel Troncin, de Pragma SA, qui a osé confier à Édouard François la réalisation à Montpellier de son « immeuble qui pousse ». Cet ensemble d'une soixantaine de logements, couvert de gabions, des pierres maintenues par une résille en grillage, connaît une fortune médiatique considérable. Les milliers de graines placées dans les murs sont censées germer, pousser, fleurir et transformer l'immeuble en une excroissance végétale. Le promoteur a vu juste puisque la totalité des logements, d'un coût pourtant élevé, se sont vendus en quatrième vitesse. Dans la foulée, Édouard François récidive, cette fois pour l'OPAC (Office public d'aménagement et de construction) de Paris, et projette de construire, porte d'Asnières, l'immeuble « Flower Tower » dont les façades seront composées de pots de fleurs géants. A l'évidence, la critique du « tout pour la façade » paraît ici justifiée. Les appartements ne sont pas exceptionnels, et l'on sent qu'une grande partie des financements est passée dans le « look ». Mais qu'importe, puisque les habitants sont ravis. Et si l'on prend le temps de comparer l'immeuble du Château-le-Lez

« L'immeuble qui pousse », à Montpellier, par Édouard François.

avec son environnement immédiat, on ne peut que lui souhaiter des frères et sœurs.

On l'aura compris, la France ne manque pas d'excellents architectes. Ce serait trahir toute une profession que de n'en pas faire l'inventaire, non exhaustif à l'évidence. Réussie, par exemple, la rénovation-réhabilitation-transformation de l'église Saint-Pierre-des-Cuisines à Toulouse en école de danse et auditorium par Jacques Munvez et Alain Castel. Réussi l'institut pour enfants de Palavas-les-Flots de Brunet et Saunier, renouveau de l'architecture hospitalière conçue comme un hôtel. Réussies les maisons d'Anne Lacaton et Jean-Philippe Vassal à Floirac et sur le bassin d'Arcachon. Excellents, Bruno-Jean Hubert et Michel Roy à Rueil et à Bagnolet, Chochon à Orléans… Il n'empêche, et quel que soit le nombre des élus, le constat, lui, demeure : les Français n'aiment pas les architectes. Les tours et les barres qu'ils édifièrent hier n'ont pas fini de les clouer au pilori.

Conclusion

Pour combien de temps encore ? Comment le savoir ? Et comment ne pas être pessimiste ? On l'a vu, ce qui plombe cette profession et rend ses effets si détestables, c'est une chaîne de dysfonctionnements. On est bien loin de la simple incompréhension ! Mal français ? Sans doute, car même si nous eûmes, un temps, notre heure de gloire avec les « grands projets » de Mitterrand, aujourd'hui, l'architecture se joue ailleurs, en Grande-Bretagne par exemple. Certes, là-bas aussi, le renouveau récent de l'architecture ne s'est pas effectué sans quelques ratages considérables, tel celui du dôme du Millennium de Sir Richard Rogers. Dans son flop taille magnum, dans sa boursouflure inepte, on a pu retrouver les éléments du fiasco de notre Bibliothèque de France : une situation excentrée, un snobisme pompier, un vaste volume censé tout réunir quand la société vise à la miniaturisation et à la mise en réseaux. Il n'empêche, outre-Manche, la production récente est plutôt de bonne tenue. C'est que la manne du Loto britannique s'est déversée sur le secteur culturel, flot d'argent extirpé à la passion des jeux de hasard. Théâtres, musées, expositions, équipements foisonnent sur tout le territoire. On aurait pu espérer de la France, pays qui se targue d'avoir donné au monde tant de leçons, et à sa population tant d'occasions de claquer ses économies en « tic-tac », Paris-Mutuel et autres grattages, une attitude similaire. Hélas, si nos édiles continuent de porter au plus haut le livre (du moins en paroles), symbole d'intellectualisme, tout ce qui ressort au visuel reste calfeutré dans les deuxièmes rayons. Le temps n'est pas encore venu d'une architecture tout à la fois libre et considérée.

Pour que cela change, il faudrait d'abord que la France se débarrasse de son mépris affiché pour la technique, qu'elle cesse de vouloir l'opposer à la culture. En

Allemagne, en Suisse, en Grande-Bretagne, la technique est, dès le collège, une culture au sens propre. Nos architectes pourraient enfin dépasser leurs querelles, cesser de batailler entre partisans du ministère de l'Équipement et fanatiques du ministère de la Culture. L'architecture est l'un et l'autre, et c'est sa force.

Il faudrait encore que le privé s'en mêle, que le public fasse un effort d'ouverture, que le moderne ne soit plus synonyme de ratage pour les uns, de dogme corbuséen pour les autres. Il faudrait surtout que les architectes brisent la ringardise de leur milieu, s'ouvrent à ceux qui leur sont proches plutôt que d'attendre pieds et poings liés que les ingénieurs, les designers, les urbanistes, les publicitaires viennent leur piquer le peu qui leur reste. Cela fait beaucoup.

Il est à craindre que, d'ici là, l'opinion, nourrie de fantasmes réac-révolutionnaires, ne réclame encore et toujours plus de potences pour y suspendre, en sus de nos architectes, maîtres d'ouvrage et responsables politiques. Maigre consolation. Alors, convié au bal des pendus, on ne pourra souhaiter qu'une chose : qu'à la peine de mort exigée par tant de gens, sinon par tous, on substitue enfin une pensée démocratique et réfléchie sur l'achitecture et la ville. Bref, qu'à force de tirer sur la corde, elle se casse. On peut toujours rêver.

Postface

Préambule

L'architecture est un art du long terme et nos jugements se voient souvent dénoncés par l'expérience. Ainsi de ma condamnation ironique de la tour que Christian de Portzamparc avait édifiée à Lille. Formulée dans les premières pages de ce livre, je la compare à une chaussure de ski, regrettant qu'il n'en ait pas édifié la paire. Aujourd'hui, et à la réflexion, je trouve cet édifice remarquable. Bref, j'ai changé d'avis. Il se peut que, sur d'autres chapitres, il en aille demain de même.

Publié il y a dix ans, *Faut-il pendre les architectes ?* ne me semble pas avoir perdu de son actualité. Loin d'en ressentir une quelconque fierté, je m'en inquiète. L'engluement dénoncé alors, la pesanteur des règlements, la faible considération envers les architectes, tout cela perdure. Certes, des éléments nouveaux ont modifié le paysage, des acteurs sont apparus, des bâtiments se sont élevés, des déclarations ont laissé espérer un élan par-ci et de l'audace par-là mais, pour l'essentiel, l'analyse demeure vivace. L'architecture n'a toujours pas conquis le cœur du public, et l'architecte, s'il a su prendre place dans les pages des rubriques « people », reste un personnage à abattre. On continue de lui reprocher tout et son contraire : la destruction du paysage comme la préservation obsessionnelle des vieilles pierres, son avant-gardisme et son immobilisme, ses extravagances et son affairisme supposé, sa soumission à l'air du temps, aux puissances d'argent comme aux politiciens. Bête noire des associations de quartier, il mérite toujours la corde. Retour à la case départ.

Avant de comprendre les raisons de ce déplorable et persistant état de fait, afin d'en saisir aussi les évolutions, un mot sur la réception de ce livre paru en 2001. J'avais choisi de lui donner un titre volontairement provocateur, misant sur le fait que les lecteurs, voulant en découdre avec une profession désignée comme coupable, se jetteraient sur l'ouvrage. Je ne m'étais pas trompé. En somme, j'escomptais prendre le lecteur par ses plus mauvais sentiments et l'amener, au fil des pages, à saisir que les architectes n'étaient pas responsables de tous nos maux, que surtout ils n'étaient pas seuls aux commandes et que, pour finir et résumer, on ne construisait pas des chefs-d'œuvre sans un commanditaire éclairé et instruit, ce qui, des Médicis à

Louis XIV en passant par les aménageurs, les promoteurs et autres gestionnaires du territoire, demeure une vérité pugnace. L'architecture est une affaire collective. Aussi avais-je écrit un livre que Jean-Baptiste Harang, dans la critique qu'il en fit dans *Libération*, qualifia de « pamphlet modéré ». C'était assez bien vu. Une année durant, je fus convié à donner des conférences un peu partout en France et même en Europe et au Maghreb. Il n'était pas rare que l'auditoire me soit franchement hostile, composé soit d'étudiants considérant le titre du livre comme une déclaration de guerre, soit d'architectes, de constructeurs privés ou publics et de membres de l'administration jugeant ma défense de l'architecture comme une condamnation de leur propre production, au style sans qualité. Bref, je me suis fait les dents à contenir la furia des uns et des autres. Pour avoir écrit, quelques années auparavant, un ouvrage sur l'antimafia[1], j'avais eu le temps de réfléchir à cette obligation faite au commentateur social : la trahison. Pour dire ce qui est d'ordinaire caché, il faut accepter à un moment donné de trahir sa famille, ou bien il faut renoncer à toute parole ou publication. Dans une certaine mesure, j'avais trahi ma famille, celle des architectes, et l'on m'en a voulu. Certains ouvertement mis à mal ont dû pester dans leur coin, comme Jean-Jacques Ory ; d'autres sont montés au créneau, m'ont écrit, ont décortiqué le livre pour trouver une faille qui

1. *La Vie blindée*, Paris, Seuil, 1992.

autoriserait un procès. Par crainte de les voir à nouveau écumants, je me garderai bien de citer leur nom. Par prudence, les avocats du Seuil avaient à l'époque peigné les pages de mon texte, gommant là quelques dérapages et suggérant même quelques réécritures afin d'éliminer toute ambiguïté. D'autres encore regrettèrent simplement de ne pas avoir été cités, ne serait-ce que pour être vilipendés. En somme, le succès du livre fut qu'il compta tout de même un peu dans le champ de tir du débat public et sa fortune critique demeure. Je reste celui qui a osé écrire *Faut-il pendre les architectes ?*. Il est vrai que la presse grand public, sautant sur l'occasion, s'était emparée du sujet. *Paris Match* et d'autres magazines y consacrèrent des doubles pages. Les studios de télévision et de radio me furent assez largement ouverts. Quant aux très rares publications professionnelles, vouées à la mort lente (ce que la décennie suivante a confirmé), elles me snobèrent, ce qui, étant sans surprise, fut sans intérêt. « Protégez-moi de mes amis, mes ennemis je m'en charge. »

Le livre a-t-il changé quelque chose ? J'ai la prétention de penser que oui, pour une très faible part. Sans doute a-t-il un peu décoincé la critique et peut-être même la façon dont les architectes osent parler les uns des autres. Pour le reste, une écrasante modestie s'impose. Ce livre, comparé au poids du béton, de la ferraille et de la maîtrise d'ouvrage, ne pèse pas lourd.

L'architecture, une affaire de mode

En dix ans, ce qui a le plus changé peut-être tient à la mode. Celle-ci s'est emparée de l'architecture, la tirant vers le luxe, le futile, le superflu. Sous l'impulsion des grands groupes du secteur comme Hermès ou LVMH, les stars du bâtiment, consacrées « starchitectes », nouveau cliché, se sont mises à travailler pour les stars tout court. L'avenue Omotesando à Tokyo a des allures aujourd'hui de musée d'architecture à ciel ouvert. Toyo Ito, Kazuyo Sejima, Tadao Ando, Jun Aoki, Sanaa, MVRDV, Herzog & de Meuron et d'autres encore y ont signé des bâtiments souvent d'excellente facture. Le télescopage des deux secteurs, mode et architecture, a culminé dans la réalisation par Zaha Hadid de son Mobile Art pour Chanel. Destiné à présenter des expositions temporaires de par le monde, il a récemment été offert à l'Institut du monde arabe, à Paris, et réinstallé sur le parvis du bâtiment, démontrant au passage que des architectes aussi célèbres que Jean Nouvel (associé à Architecture Studio) pouvaient accepter l'alunissage d'une architecture signée par une consœur de poids. Dans la grande bataille de la communication, la signature de l'architecte est devenue un élément de la victoire, comme l'œil d'un photographe célèbre, comme un *front row* (le premier rang des défilés de mode), bien garni en acteurs, chanteurs et autres bombes sexuelles médiatisées.

Les grands prix décernés autrefois dans un anonymat médiatique ont maintenant droit à leur rubrique. Le Pritzker Prize (le fameux Nobel de l'architecture) comme le Preamium Imperiale (décerné au Japon) sont célébrés (presque) comme les Palmes cannoises. Une jet-set internationale de bâtisseurs est maintenant repérable. Frank Gehri, Rem Koolhaas ou Jean Nouvel peuvent s'afficher avec Jeff Koons ou Bernard Arnault. Ils sont du même calibre. Il est apparu, en cette décennie, que, pour devenir une célébrité internationale, il fallait avoir justement travaillé pour le monde de la mode, signé un magasin, un navire amiral, un *flagship*, édifié un musée Guggenheim puis réalisé un pavillon temporaire à la galerie Serpentine à Londres, et, depuis quelque temps, construit en sus un chai, en France ou en Espagne. Avec Christian de Portzamparc et Jean Nouvel, la France aligne deux Pritzker. Ce n'est pas si mal. Bref, nous n'avons pas à rougir du haut du panier, c'est en dessous que ça se gâte.

Khmers verts

En France, la frilosité reste de mise. Certes un cataclysme s'est fait jour sous l'appellation de « Consultation pour le Grand Paris », et l'on a pu croire, un instant, que nos édiles allaient se faire les promoteurs et les propagandistes d'un renouveau architectural. Après le désert culturel que fut la présidence de Jacques

Chirac, dont seule l'érection du quai Branly marqua l'ambition architecturale, c'était inespéré. En invitant le gratin de l'architecture mondiale à plancher sur le développement futur de la capitale, en assignant à l'architecture le soin de replacer Paris dans le peloton de tête des villes qui compteront à l'avenir, le président Sarkozy a fait œuvre de volonté.

Mais, depuis les réunions préparatoires et les effets d'annonce, l'ensemble du processus s'est embourbé dans les querelles administratives, les conflits de compétences et, pour l'heure, Paris reste en retard sur ses sœurs européennes et internationales. La question des tours – en faut-il et jusqu'à quelle hauteur ? faut-il qu'elles soient modérées ? (un comble et un aveu de médiocrité annoncée) – plombe encore tous les débats. L'annonce de l'érection de la tour Triangle à la porte de Versailles (signée par les architectes suisses Herzog & de Meuron) comme le développement relancé de La Défense peinent à modifier la donne. Le poids du patrimoine fossilise la nation et Paris en particulier. La vieille stratégie politique qui consiste à surtout ne rien faire pour être élu (comme le dit si bien Valéry Giscard d'Estaing dans *Une partie de campagne*, le film de Raymond Depardon, tourné en 1974) perdure. La réalité est crue. La présence au sein de la mairie de Paris d'un fort contingent d'élus verts bloque toute initiative autre que défensive et patrimoniale.

L'emprise des bloqueurs, des réacs, est omniprésente. Elle est encore suicidaire, car nous avons compris que la grande mutation de cette décennie tenait du saut d'échelle et de la circulation. Le territoire et la mobilité sont devenus des pièces essentielles de la réflexion architecturale et au-delà urbaine. Dissocier l'une de l'autre devient un casse-tête d'une coûteuse vacuité. L'avenir des villes se joue maintenant sur un tout autre plan qu'une réalisation ici et un joli projet là. Il faut s'en réjouir, il faut aussi s'en inquiéter. Car certains ont cru qu'il suffisait de parler transports pour régler les questions urbaines comme celle du Grand Paris. Un métro ne fait pas une ville et quand il l'entoure, il l'isole plus qu'il ne l'ouvre. Le tramway que nous appelions de nos vœux comme susceptible d'animer les rues piétonnes en secouant la torpeur de quartiers muséifiés connaît depuis quelques années un développement considérable. Mais à Paris, on s'est contenté de lui imposer le trajet infernal des boulevards des Maréchaux, rajoutant à ces mêmes avenues ainsi qu'au périphérique qui le double une troisième barrière entre Paris et ses banlieues. Les fortifs disparues n'en sont que fortifiées. Quoi qu'il en soit, la mobilité désormais inscrite au cœur même de l'architecture, cet art de la fondation et du statisme par excellence, en révèle la complexe évolution.

Occasions manquées

Il faut avouer que la crise de 2008-2009 n'a pas arrangé les choses et des projets initiés en grande pompe avec concours, jurys et tout le tremblement se sont retrouvés jetés au panier comme tant d'autres. Une fois encore, Jean Nouvel ne construira pas à La Défense. Sa tour Signal, projet assez mauvais au demeurant, est passée à la trappe. Par chance, Unibail s'est engagé à mener à bien la construction de cette autre tour, ô combien plus intéressante, qu'est le bâtiment de Thom Mayne baptisé « tour Phare » déjà cité. Peut-être était-ce là, pour Unibail, une façon de se faire pardonner sa mauvaise action des Halles : avoir barré la route au projet de Rem Koolhaas au profit de celui de Patrick Berger. La couardise de nos élus a donné toute sa mesure lors de ce concours de restructuration du carreau des Halles, à Paris, dont on attendait tant. Il s'est achevé dans une pantalonnade. Les considérations financières, l'obsession d'un juste téléguidage des foules vers les boutiques du centre commercial ont pesé plus sur le choix du lauréat que les considérations esthétiques et prospectives. Le plus comique est sans doute que Patrick Berger, lauréat avec Jacques Anziutti de ce concours, ait baptisé son projet de « canopée », cédant à la vulgate du moment qui veut que nos prophètes s'appellent Yann Arthus-Bertrand et Nicolas Hulot.

Au registre des fiascos, il faut évoquer l'autre désastre de la décennie, l'implantation avortée de la Fondation pour l'art contemporain de François Pinault dans l'île Seguin et son départ pour le Palazzo Grassi de Venise. On ne détaillera pas les péripéties de cette lamentable affaire mais elle a durablement marqué la région parisienne et au-delà. Et l'on pourrait ajouter encore ceci. Comment expliquer cette étrangeté qui veut que des architectes de très grand renom réalisent en France l'un de leurs plus mauvais projets ? C'est le cas d'un ensemble très médiocre de Norman Foster dans le quartier Masséna à Paris, ce fut celui de Frank Gehry, hier, à l'American Center à Bercy, et de Zaha Hadid, aujourd'hui, pour la tour Euromed à Marseille. Malédiction ou corset réglementaire auquel se surajoute une politique de promotion immobilière ramollie ?

A l'est du nouveau

Je ne voudrais pas donner le sentiment de ne voir dans la décennie passée que du chaos, de la trouille et du médiocre. En dix ans, dans l'Est parisien, sur le flanc de la Bibliothèque de France, Christian de Portzamparc a pu mettre en scène sa réflexion sur la ville de l'« âge III ». Refusant de reproduire la ville médiévale comme la ville née du Mouvement moderne et de la Charte d'Athènes (âge I et âge II), il a su, à l'ouest de la Bibliothèque de France, traduire dans les faits sa conception d'une cité aux rues plus étroites, aux angles attirants, aux espaces pincés. Peu à peu ce quartier s'affirme. On peut lui trouver des aspects berlinois. La greffe semble prendre et la promenade architecturale y est conseillée. Les talents s'y exposent : Borel,

X-Tu, Beckmann N'Thepe et d'autres. Il est regrettable que, dans le nouveau quartier du Trapèze édifié cette fois à Boulogne, un urbanisme plus rigide ait encore été imposé. Dommage, oui, car les architectures des blocs d'habitats ou de bureaux sont pleines d'invention et d'intérêt, comme les logements des Suisses Diener & Diener, de LAN, la tour de bureaux de Jean Nouvel, comme encore les bureaux dorés sur tranche de Dominique Perrault.

Si le manque d'audace traduit dans la glaciation de Paris a trouvé des soutiens regrettables, comme celui de Thierry Paquot, philosophe et éditeur de la revue *Urbanisme*, pris d'une soudaine obsession anti-tour aussi déplacée que l'enthousiasme hystérique de partisans de la grande hauteur[2], quelques éléments revigorent les plus désespérés. Par souci d'objectivité, signalons que, par deux fois, les édiles de la capitale ont battu en brèche l'insupportable pouvoir de nuisance des associations de quartier. En faisant en sorte que le projet de Frank Gehry pour la fondation Louis Vuitton puisse s'édifier dans le bois de Boulogne et en soutenant le projet d'extension du complexe tennistique de Roland-Garros dessiné par Marc Mimram, ils ont su faire montre d'appétence.

2. *La Folie des hauteurs. Pourquoi s'obstiner à construire des tours ?*, Paris, Bourin Éditeur, 2008.

Province

Tandis que Paris faisait du surplace, des métropoles régionales se sont saisies de la question urbaine. Le meilleur exemple d'une approche nouvelle de la ville, et de l'architecture qui s'y ancre, est nantais. L'ensemble de l'île de Nantes concentre maintenant une offre architecturale passionnante. Le plan régulateur d'urbanisme confié à Alexandre Chemetoff démontre toutes ses qualités. En entremêlant réalisations nouvelles et sauvegarde de bâtiments industriels anciens, en peaufinant un parcours en bord de Loire à la fois maîtrisé et sauvage, il a posé les bases d'un quartier de ville d'une grande qualité. On pourra peut-être et très bientôt en dire autant de la ville de Lyon où, là aussi, au bord de l'eau, s'élabore un ensemble urbain d'une grande dimension. Les architectes y additionnent leurs projets et il semblerait qu'enfin le chantier du fameux musée des Confluences de Coop Himmelb(l)au, célèbre pour sa déconstruction plastique, soit achevé. A Bordeaux comme à Marseille, une politique architecturale créative est indéniablement à l'œuvre. Le processus de décentralisation des musées français s'est fait écho de ce dynamisme régional. A Metz, la construction d'une antenne du Centre Georges Pompidou a donné naissance à une œuvre contemporaine de qualité. Si le projet de Shigeru Ban et Jean de Gastines mérite éloges et critiques (remarquables salles d'exposition en tube avec cadrage à focale changeante sur le paysage pour le positif ; toiture lourde, entretien difficile, altération du projet initial pour des raisons de budget en négatif), l'opération devrait se renouveler avec l'extension du Louvre à Nantes. On a pu encore admirer le très beau travail des associés Moatti et Rivière à la Cité internationale de la dentelle et de la mode de Calais. La disparition subite d'Henri Rivière laisse Alain Moatti dans une situation difficile. L'agence est prometteuse. Et puisqu'il est sujet ici de la mémoire d'un architecte apprécié et disparu, rappelons que cette décennie a vu aussi la disparition de Jacques Hondelatte, Jean Balladur, François Deslaugiers, Michel Kagan, Claude Vasconi, Jean-Marie Charpentier, Christian Hauvette, Jean-Paul Dollé…

Exit les néomodernes?

En dix ans, le rapport de force entre les néomodernes, ces élèves et thuriféraires de Le Corbusier et du Mouvement moderne, et tous les autres s'est modifié. Ces derniers, qui s'inscrivaient en rupture avec la doxa du maître, agissaient hier en ordre dispersé. Solitaires, ils n'en étaient que plus fragiles face à un courant structuré où les amitiés et les renvois d'ascenseur étaient la règle. Ils ont fini par se regrouper sous la bannière, certes un peu fantasque et tendance, de « French Touch ». Et même si, dans ce conglomérat, se sont mêlés et emmêlés tout et son contraire, l'opération de marketing a fonctionné. Grâce à l'entregent et au dynamisme d'architectes comme David Trottin, toutes les écritures particulières fédérées dans l'*Annuel optimiste d'architecture*, publication ayant donné lieu à quatre éditions, ont gagné en notoriété. Des architectes aux sensibilités diverses se sont ainsi retrouvés exposés à la biennale de Venise de 2008, quand le commissaire Francis Rambert, le directeur de l'Institut français d'architecture (IFA), a décidé de les y inviter. Cet événement est venu conférer aux participants une légitimité nationale et peut-être internationale. Cette manière d'unir les talents, plusieurs agences en ont d'ailleurs fait leur *modus operandi*. Regroupés sous la bannière de FGP, Ferrier, Gazeau et Paillard ont produit à Nantes, encore, un ensemble de logements, bureaux, parkings passionnant. Idem des agences fédérées autour du collectif Plan 01, unissant au coup par coup jusqu'à dix architectes. Leur crématorium de Rennes est une réussite exemplaire, comme plusieurs de leurs projets, tels les logements signés par l'agence KOZ à Courbevoie. Il convient ici de saluer le travail de Francis Rambert dont l'ouverture d'esprit a dopé l'IFA. En dépit d'un bâtiment que je jugeais et juge toujours peu approprié aux expositions, encavé et dénué de vitrines ouvertes au public sur rue, il a su multiplier les champs d'actions s'ouvrant largement à l'international et développant une programmation critique éclatée. Avec Frédéric Migayrou au Centre Pompidou, dont l'exposition « Architectures non standard » a fait du bruit, ils ont démontré qu'il y avait un espace architectural non normé, non soumis aux diktats du corbusianisme omnisport. C'est un soulagement.

En cette décennie, des architectes sont montés en puissance. Il faut citer, aux côtés des géants que sont Jean Nouvel et Christian de Portzamparc, auquel s'associe Dominique Perrault, Rudy Ricciotti, dont la production est exceptionnelle. Il a su utiliser à merveille ce matériau, inscrit au catalogue du cimentier Lafargue, le Ductal, dont l'usage répété a démontré les qualités plastiques et structurelles. Si le discours rebelle de Rudy Ricciotti a tendance à devenir quelque peu stéréotypé, ses projets innovent sans cesse. Son centre chorégraphique d'Aix-en-Provence et bientôt le MUCEM de Marseille le prouvent et le prouveront encore. Le Grand Prix d'architecture lui est naturellement revenu en 2006. Quant à l'attribution du même prix en 2011 à Frédéric Borel, elle est venue reconnaître, enfin, un autre talent plus qu'original. Le binôme Lacaton-Vassal est aussi devenu une référence, non seulement en France mais encore à l'étranger. Chefs de file d'une architecture low cost (voir l'aménagement du palais de Tokyo et l'École nationale supérieure d'architecture de Nantes), ils sont maintenant cités en référence un peu partout. Il faut ajouter à cette *short list* Marc Barani, dont la finesse du travail confine à la poésie. D'autres encore mériteraient d'être ici cités, mais cette postface n'a pas vocation à muter en annuaire.

HQE (Haute qualité environnementale)

Il faut célébrer le travail des architectes qui réussissent encore à produire des bâtiments singuliers. Chaque année, leur marge de manœuvre se réduit. Il y a dix ans, le monde n'était pas encore saisi dans la tenaille du développement durable. Nous ne vivions pas encore sous la férule d'un mot fourre-tout qui permettrait aux uns et aux autres de ne rien dire mais de le dire avec force. La conséquence la plus négative de cette incontournable obsession paranoïaque est l'hystérie réglementaire qui a vu les architectes accablés par toujours plus de normes à respecter. Désormais l'ombre du HQE flotte sur la marmite comme hier celle des QHS dans les centrales pénitentiaires. La sanction est au coin de la rue. La HQE menace l'architecture d'une uniformisation consécutive à un développement imposé de l'isolation par les façades. Certes, là encore, le président de la République a cru bon de signaler son désamour pour l'excès de réglementation, mais entre les mots ronflants et la mise en pratique d'un allégement réel des conditions du projet, il y a un canyon.

Quelques équipes tentent de concilier performances climatiques imposées et innovations. Ce n'est pas là une mince affaire ! Dans ce contexte de « naturalisation » de l'architecture, la tour Hypergreen de Jacques Ferrier caracole en tête des bâtiments non construits les plus publiés. Un enterrement de première classe ? Probable. L'architecte avait fait de la « ville sensuelle » le soubassement intellectuel de son pavillon français édifié à Shanghai à l'occasion de l'Exposition universelle de 2010. Ce qui n'a convaincu personne. La rigidité de l'ensemble, les jardins crispés comme des bouts de moquette ont renvoyé les amoureux de la sensualité en direction des pavillons concurrents, britannique et espagnol en tête. Même impression, malaise identique, avec le jardin basculé sur la façade de l'Institut français de la mode dû au duo Jakob & MacFarlane, autre couple à la notoriété montante. On se souvient que Sarkozy passant sur la rive droite l'avait découvert avec quelque aigreur, lâchant un « C'est sans doute cela, l'architecture moderne ». Il est vrai que ce boudin vert a de quoi faire peur. Quand on sait que les architectes ont voulu ainsi dessiner un jardin en terrasse puis le faire glisser verticalement sur la façade, on mesure toute la différence entre une idée subtile (bien qu'obscure) et sa réalisation farcesque. Faut-il pendre les jardins ? Peut-être était-ce là le message subliminal de cette sublime audace.

Au passage, insistons sur les modes qui se succèdent en architecture comme dans le vestimentaire. Ainsi de la couleur verte qui a régné un temps sur les bâtiments. Sans doute correspondait-elle à l'esprit du temps, écolo-citoyen, et aidait-elle à faire passer les projets auprès des jurys plus facilement séduits par un à-plat vert gazon que par un plan d'étage. Elle succédait au rouge dont les architectes avaient largement badigeonné leurs œuvres (voir l'intérieur du musée du Quai Branly de Jean Nouvel, ou la mise en couleur de l'IFA à Paris). Épicé d'un fond de fluo citrique, ce vert plus pop a fait le lit de la couleur suivante : l'or. Quantité de bâtiments en ont revêtu la robe, sous la patte d'Alain Sarfati à Roanne ou de Dominique Perrault à Milan et à Luxembourg comme pour ses bureaux du quartier du Trapèze à Boulogne. Que le vert servi avec fureur par les architectes, en revêtement, peinture, comme en façades végétalisées, dans la foulée des travaux de Patrick Blanc, le paysagiste aux cheveux verts, auteur du fameux mur du musée du Quai Branly, ait débouché sur une adoration du lingot est assez croustillant. Mais cette ferveur dépasse de loin le monde des architectes et un simple coup d'œil à la presse révèle une tonalité or dans la plupart des photos qu'on y publie. Évolution technique, empreinte du numérique, assouplissement des coûts de vernissage en imprimerie. Les modes ont des sources et des raisons multiples.

Le retour des arts décoratifs

Dans un contexte où les réglementations imposées aux architectes en matière de coût et de protection environnementale limitent de plus en plus l'expression stylistique singulière, le recours à la décoration de façade s'apparente à une nouvelle recette. Pour se distinguer, rien ne vaut l'emballage festonné ! Plus qu'une promotion de l'architecture contemporaine, c'est à un retour des arts décoratifs que l'on assiste. Sans doute parce que les architectes et les fonctionnaires voués à accorder les permis de construire ont lâché du lest sur ce plan-là et uniquement celui-là. Avec un humour qui pourrait confiner au cynisme, Édouard François a sublimé cette tendance. Il a ainsi réhabilité et augmenté le Fouquet's et ses dépendances hôtelières en jouant du saut d'échelle. Il a photocopié la façade du Fouquet's sur les Champs-Élysées puis l'a outrée sur l'arrière et repeinte en gris croiseur de guerre. Un processus qui relève de la satire. C'est à la fois remarquable et dérangeant. Ce qu'il a pu faire pour des clients privés et fortunés, les architectes chargés de travailler dans le logement se doivent, eux, de le ramener à des interventions minimales. Désormais, dans ce pays où la réglementation reste la plaie de l'architecture, il ne reste plus aux maîtres d'œuvre que des facéties de façades. A Nantes, à Paris, à Lyon, les bâtiments cachant leur volume cubique sous des peaux de dentelle se multiplient. En architecture, après le « façadisme » qui consistait à ne conserver d'un bâtiment ancien que sa façade, une autre approche superficielle s'impose. Les peaux, les doubles-peaux assurent au projet sa force d'expression, masquant souvent l'indigence de ses espaces intérieurs, hauteur sous plafond médiocre et volumes riquiqui. Par chance, quelques réalisations font la synthèse entre décoration et travail de conception en profondeur. A Paris, les logements édifiés par le duo Karine Chartier et Thomas Corbasson, à l'angle de la rue de Turenne, ont surgi telle une divine surprise. Cet ensemble de logements sociaux ancré dans de l'existant et armé d'une superstructure métallique en façade a démontré que le contemporain pouvait trouver sa place y compris dans les quartiers les plus muséifiés comme le Marais à Paris.

Noir, vert, or

En soulignant dans les pages de ce livre que l'extrême ferveur pour le total black look, le vestiaire noir, partagée par tant d'architectes et maintenant de paysagistes, trouvait son origine dans la rencontre quasi surréaliste de l'anarchiste et du curé, autorisant ainsi la fusion en un seul être de l'esprit libertaire et du donneur de leçons de morale, j'avais osé la futilité. C'était indigne d'une réflexion de bon niveau. On s'en moqua. Foutaises ! Et d'autant plus que ce phénomène perdure. Nombre de conférences, de rencontres et de débats organisés dans le milieu architectural donnent à voir, serrés sur l'estrade, des rassemblements d'acteurs sortis tout droit d'un film de Tarantino. Toutefois, signe d'ouverture au monde, assouplissement ou ramollissement, il arrive qu'un architecte, et même une architecte (on en compte 30 % dans la profession en France), ose la couleur. A ce sujet, relevons la montée en puissance des femmes dans ce monde si masculin du bâtiment.

Elles sont de plus en plus nombreuses à signer des réalisations de premier plan. Manuelle Gautrand, à qui l'on doit le show-room Citroën sur les Champs-Élysées, l'extension du LaM de Villeneuve-d'Ascq et divers autres bâtiments, Odile Decq bien sûr, directrice de l'École spéciale d'architecture, dont le beau musée de Rome, le Macro, a fait de l'ombre au Maxxi ou Musée d'art du XXIe siècle, le mastodonte de Zaha Hadid dans la même ville. Si Odile Decq reste fidèle à son look de diva ténébreuse et pétulante, c'est qu'elle a intégré la dimension warholienne qui veut qu'on soigne son look comme une signature. Édouard François fait de même en privilégiant un accoutrement vestimentaire dézingué, bottes en serpent vert printemps, manteau de fourrure blanche. Loin d'être anecdotique, cette question de l'apparence et de la garde-robe révèle aussi un assouplissement d'une profession face à la question de la beauté. On le sait, l'apparence est un message. Il y a dix ans, oser poser la question de la beauté en architecture vous estampillait ringard. L'esthétique était une affaire de plouc, indigne d'une réflexion théorique. Ce n'est plus le cas. A ma grande surprise, le numéro de *Beaux-Arts Magazine (BAM)* que nous avons consacré à la question de la beauté dans toutes les disciplines artistiques a révélé combien les architectes s'en souciaient, eux aussi. Au questionnaire soumis à un grand nombre d'entre eux, tous ont répondu avec ferveur et originalité. Il faut signaler ici un paradoxe. Dans la presse magazine grand public, l'architecture fait recette.

Quand *BAM* consacre sa une à l'architecture, les ventes décollent. Pourtant, la presse spécialisée en architecture est moribonde. En dix ans, celle-ci a été durement secouée. Des magazines ont disparu, comme *Techniques et architectures* et *L'Architecture d'aujourd'hui*. Racheté et ressorti sous une nouvelle formule, le titre prestigieux et historique vit sous perfusion et n'atteint ni la diffusion ni l'impact qu'on lui souhaiterait. On ne peut pas dire non plus que la presse grand public consacre à la question urbaine en général plus de pages qu'elle ne le faisait il y a une décennie, la question des annonceurs demeurant la pierre de touche. Il est plus juteux pour un quotidien de créer une page « cosmétiques et beauté » que de la consacrer à un secteur où la publicité est exsangue et peu sexy.

Inquiétudes

L'économie, pierre angulaire de la société, a fait une entrée discrète mais capitale dans le monde de l'architecture sous le vocable « PPP » pour « Partenariat public privé », avec la promulgation d'une loi en 2008. Cette nouvelle donne juridique commence à peine à montrer ses effets. Ils vont être considérables. En associant dans divers concours des architectes avec des entreprises privées de promotion immobilière, d'ingénierie, etc., l'architecture devient un élément parmi d'autres dans le jugement des jurys de concours. Pour être lauréat, il faut maintenant satisfaire aux critères de rentabilité économiques avant de satisfaire à l'esthétique. Jean-Michel Wilmotte, architecte talentueux mais sage, qu'on pourrait qualifier de « bourgeois éclairé », a le vent en poupe. Il a remporté plusieurs concours de ce type. A Nice en particulier l'équipe lauréate du concours du stade était baptisée Vinci, Caisses des dépôts… Jean-Michel Wilmotte. Une ère nouvelle s'annonce. Il se pourrait qu'elle se révèle bien problématique pour le paysage de l'architecture en France.

Une autre inquiétude se fait jour. En songeant à réintégrer demain, au cœur des villes, des espaces agricoles, propositions présentes dans plusieurs études du Grand Paris, on a pu mesurer à quel point l'architecture n'était plus seulement une affaire de construction mais de conception de milieu, de biotope. Certaines villes de province l'ont mieux compris que d'autres. Laissant Paris enferré dans ses atermoiements politico-urbains, un certain nombre d'agglomérations ont choisi de développer de larges secteurs de leur périmètre. L'architecture ne pouvant plus être dissociée de la question de la métropole – ce que la consultation sur le Grand Paris avait acté au plus haut niveau –, ces municipalités, lancées dans de vastes programmes de développement urbain, ont mis en concurrence des équipes pluridisciplinaires. La présence de plus en plus affirmée de paysagistes au sein des consultations d'aménagement démontre leur importance grandissante. Or précisément, il convient de signaler que leur approche pourrait à l'avenir se révéler porteuse de nouvelles catastrophes. Les grandes erreurs commises hier par les architectes urbanistes – plans régulateurs, villes nouvelles, théories et doctrines rationalistes – semblent être l'apanage aujourd'hui des paysagistes. A leur tour, et s'appuyant eux aussi sur des études dites scientifiques (mais on se doute que chacun privilégie celles qui le dérangent le moins), ils s'estiment suffisamment armés pour penser notre avenir urbain. Il n'est pas certain que les architectes, échaudés par la sanction des décennies qui virent les grands ensembles muter en « quartiers défavorisés », oseraient tirer ainsi des plans sur la comète. Mais l'écologie donne des ailes aux manipulateurs du vivant et les paysagistes sont portés par l'époque. Preuve s'il en est, le récent lauréat du Grand Prix de l'urbanisme vient d'être décerné pour l'année 2011 au paysagiste Michel Desvigne. Ses condamnations répétées de la ville générique, du désastre urbain d'après-guerre, bien que se voulant non empreintes de nostalgie, en ont tout de même l'apparence. Elles sonnent comme une remise à plat de la donne moderniste. Mais paradoxe ou oxymore opérationnel, nos paysagistes ne rechignent pas à jouer de la planification et de la grande échelle, usant des procédés dont ils dénoncent par ailleurs les conséquences. On sait que dans les périodes de trouble idéologique, de perte d'idéal, de disparition des « grands mythes », on se tourne toujours vers ce qui paraît avoir été là de tout temps, antérieurement à la présence humaine : la nature. Ce fut le cas au moment de l'Art nouveau, c'est le cas aujourd'hui. Non content d'avoir livré Paris au festif et aux loisirs, oubliant qu'une ville c'est d'abord un lieu de production, on s'apprête à en donner les clefs à des jardiniers. A l'évidence, ceux-ci sont moins crédules que leurs commanditaires et Michel Desvigne est une pointure, mais l'association du plus doué des talents avec un mauvais administrateur a toujours fini par décevoir. Nous en reparlerons dans dix ans.

Conclusion

Plus que par tout autre événement, la première décennie du troisième millénaire aura été marquée par la destruction des tours jumelles du World Trade Center. L'architecture s'est trouvée ainsi placée au cœur de l'actualité la plus effroyable. L'onde de choc émotionnelle a pu laisser croire que la course à la plus grande hauteur s'en trouverait annihilée. Cela n'a duré qu'un temps. Bien vite, les travaux ont repris, et de plus belle, donnant naissance à la Burj Al Khalifa de Dubaï de plus de 800 mètres. En Chine, la tour de la télévision de Guangzhou dépasse les 600 mètres. Le kilomètre vertical reste un objectif de mégalomane et l'hystérie du record palpite toujours. Plus récemment, le séisme qui a frappé la côte Est du Japon en mars 2011 a révélé que, si le tsunami avait été dévastateur, les architectures les plus graciles, celle de la bibliothèque de Sendaï de Toyo Ito par exemple, toute de verre, avaient tenu. C'est tout de même encourageant pour les architectes. L'opinion devrait leur savoir gré. De quel séisme, alors, la France a-t-elle besoin pour que son architecture se libère des carcans du patrimoine et de la frilosité politique ? C'est un mystère que la décennie prochaine éclaircira peut-être. « La corde ne pend pas, la terre tire », disait Victor Hugo. L'attraction pour l'architecture est encore à démontrer. Si j'ai tenu la corde, c'était dans ce but.

Paris, mai 2011

Bibliographie

Françoise Arnold et Marie-Claire Bordaz, *Meurtre chez les modernes*, Les Éditions de l'Épure, 2000.
Françoise Arnold et Périphériques (coordination), *Aventures architecturales à Paris, l'art dans les règles*, Éditions du Pavillon de l'Arsenal, Picard éditeur, 2000.
Jean-Pierre Babelon et André Chastel, *La Notion de patrimoine*, Éditions Liana Levi, 1994.
Marie-Ange Brayer et Frédéric Migayrou, *Catalogue Archilab. Orléans 99*, Ville d'Orléans.
Marie-Ange Brayer et Frédéric Migayrou, *Catalogue Archilab. Orléans 2000*, Ville d'Orléans.
Rem Koolhaas, Stefano Boeri, Sandford Winter, Madia Tazi, Hans Hulrich Obrist, *Mutations*, Actar Éditeur, 2000.
Jean-Marc Mandosio, *L'Effondrement de la Très Grande Bibliothèque Nationale De France*, Éditions de l'Encyclopédie des Nuisances, 1999.
Christian de Portzamparc, *La Ville âge III*, Les mini PA, Pavillon de l'Arsenal, 1997.
Fernand Pouillon, *Les Pierres sauvages*, Éditions du Seuil, 1964.
Fernand Pouillon, *Mémoires d'un architecte*, Éditions du Seuil, 1968.
Rudy Ricciotti, *Pièces à conviction. Les interviews vitriol d'un sudiste*, Sens et Tonka Éditeur, 1998.

BIBLIOGRAPHIE

Patrimoine industriel, Emmanuel de Roux, photographies de Georges Fessy, Éditions du Patrimoine et Éditions Scala, 2000.

Bernard Toulier, *Architecture et Patrimoine du XXe siècle en France*, Éditions du Patrimoine, 2000.

Dictionnaire de l'architecture du XXe siècle, Hazan et IFA Éditions, 1996.

Less aesthetics more ethics, Catalogue de la 7e Biennale de Venise, Éditions Marsilio, 2000.

Table

PREMIÈRE PARTIE

Conflits et confusions

DEUXIÈME PARTIE

La chaîne pernicieuse

TROISIÈME PARTIE

Des conséquences monumentales

QUATRIÈME PATRIE

Maison close ou maison de verre ?

Du même auteur

Bienvenue à l'Armée rouge
(avec Pierre Antilogus)
Jean-Claude Lattès, 1986

SOS-Élections
(avec Pierre Antilogus)
Jean-Claude Lattès, 1988

Europe : peut-on vraiment faire confiance à des étrangers ?
(avec Pierre Antilogus)
Rivages, 1990

40 architectes de moins de 40 ans
Tome 1. Paris
Éditions du Moniteur, 1990

40 architectes de moins de 40 ans
Tome 2. Province
Éditions du Moniteur, 1991

Jacques Hondelatte, architecte
Pandora, 1992

La Vie blindée
Seuls contre la mafia
Seuil, 1992

Seventies. The Book
(collectif)
Éditions du Collectionneur, 1994

Bienvenue au président Jean-Marie
(avec Pierre Antilogus, illustrations Cabu)
Payot, 1995

Majestueuse Turquie
Atlas, 1996

Orsay
Assouline, 1996

Le Louvre
Assouline, 1996

Cartier
Assouline, 1996, 2013

L'Amérique de Wahrol
Assouline, 1997

Raymond Loewy
Assouline, 1998

Traité de l'agitation ordinaire
Grasset, 1998

L'Europe expliquée aux Européens
(avec Pierre Antilogus, illustrations Benoît Du Pelloux)
Vent d'ouest, 2000

La Vie quotidienne en France lepéniste
Tous les trucs pour échapper aux rafles
(avec Pierre Antilogus)
Ramsay, 2002

Grave Mode
(avec Pierre Antilogus)
Stock, 2003

Oui, vous pouvez devenir journaliste
en 45 minutes chrono
(avec Pierre Antilogus)
NIL, 2007

Oui, vous pouvez devenir chinois
en 45 minutes chrono
(avec Pierre Antilogus)
NIL, 2007

Limite vulgaire
(avec Hélène Sirven)
Stock, 2007

Comment rester jeune après 100 ans ?
(avec Pierre Antilogus)
NIL, 2008

Megalomania
L'extravagance comme un défi
Assouline, 2008

L'architecture fait du lèche-vitrines
Façades de boutiques modernes
(avec Véronique Ristelhueber)
Norma, 2008

Christian Biecher architecte
(avec Christina Morozzi)
Paris-Bruxelles,
Ante Prima/Archives d'architecture moderne, 2009

Paris vu du ciel
(photographies de Yann Arthus-Bertrand)
Chêne, 2009, 2013, 2015

L'UFR de chimie de Paris-VII
Agence X-TU
Archibooks-Sautereau éditeur, 2009

Cérémonie
Plan 01 architectes
(photographies de Laure Vasconi et Luc Boegly)
Paris-Bruxelles, Ante Prima/
Archives d'architecture moderne, 2010

Rochebobois
50 ans de design
Chêne, 2010

Le Théâtre Saint-Nazaire
K-architectures
Archibooks/Sautereau éditeur, 2013

De notre envoyé spécial
Éditions de L'Olivier, 2015

L'Architecture à toute vitesse
56 règles glanées autour du monde
Seuil, 2016

NORMANDIE ROTO IMPRESSION S.A.S. À LONRAI
DÉPÔT LÉGAL : OCTOBRE 2014. N° 118226-2 (1601375)
IMPRIMÉ EN FRANCE

Éditions Points

Collection Points Essais

DERNIERS TITRES PARUS

685. L'Homme Moïse et la Religion monothéiste
par Sigmund Freud
686. Trois Essais sur la théorie de la sexualité
par Sigmund Freud
687. Pourquoi le christianisme fait scandale
par Jean-Pierre Denis
688. Dictionnaire des mots français d'origine arabe
par Salah Guemriche
689. Oublier le temps, *par Peter Brook*
690. Art et figures de la réussite, *par Baltasar Gracián*
691. Des genres et des œuvres, *par Gérard Genette*
692. Figures de l'immanence, *par François Jullien*
693. Risquer la liberté, *par Fabrice Midal*
694. Le Pouvoir des commencements
par Myrian Revault d'Allonnes
695. Le Monde moderne et la Condition juive, *par Edgar Morin*
696. Purifier et détruire, *par Jacques Semelin*
697. De l'éducation, *par Jean Jaurès*
698. Musicophilia, *par Oliver Sacks*
699. Cinq Conférences sur la psychanalyse, *par Sigmund Freud*
700. L'oligarchie ça suffit, vive la démocratie, *par Hervé Kempf*
701. Le Silence des bêtes, *par Elisabeth de Fontenay*
702. Injustices, *par François Dubet*
703. Le Déni des cultures, *par Hugues Lagrange*
704. Le Rabbin et le Cardinal
par Gilles Bernheim et Philippe Barbarin

705. Le Métier d'homme, *par Alexandre Jollien*
706. Le Conflit des interprétations, *par Paul Ricœur*
707. La Société des égaux, *par Pierre Rosanvallon*
708. Après la crise, *par Alain Touraine*
709. Zeugma, *par Marc-Alain Ouaknin*
710. L'Orientalisme, *par Edward W. Said*
711. Un sage est sans idée, *par François Jullien*
712. Fragments de vie, *par Germaine Tillion*
713. Le Délire et les Rêves dans la Gradiva de W. Jensen *par Sigmund Freud*
714. La Montée des incertitudes, *par Robert Castel*
715. L'Art d'être heureux, *par Arthur Schopenhauer*
716. Une histoire de l'anthropologie, *par Robert Deliège*
717. L'Interprétation du rêve, *par Sigmund Freud*
718. D'un retournement l'autre, *par Frédéric Lordon*
719. Lost in management, *par François Dupuy*
720. 33 Newport Street, *par Richard Hoggart*
721. La Traversée des catastrophes, *par Pierre Zaoui*
722. Petit dictionnaire de droit constitutionnel *par Guy Carcassonne*
723. La Tranquillité de l'âme, *par Sénèque*
724. Comprendre le débat européen, *par Michel Dévoluy*
725. Un monde de fous, *par Patrick Coupechoux*
726. Comment réussir à échouer, *par Paul Watzlawick*
727. L'Œil de l'esprit, *par Oliver Sacks*
728. Des yeux pour guérir, *par Francine Shapiro et Margot Silk Forrest*
729. Simone Weil, le courage de l'impossible *par Christiane Rancé*
730. Le Philosophe nu, *par Alexandre Jollien*
731. Le Paradis à la porte, *par Fabrice Hadjadj*
732. Emmanuel Mounier, *par Jean-Marie Domenach*
733. L'Expérience concentrationnaire, *par Michael Pollak*
734. Agir dans un monde incertain, *par Michel Callon, Pierre Lascoumes et Yannick Barthe*
735. Le Travail créateur, *par Pierre-Michel Menger*
736. Comment survivre à sa propre famille, *par Mony Elkaïm*
737. Repenser la pauvreté, *par Abhijit V. Banerjee et Esther Duflo*
738. Faites vous-même votre malheur, *par Paul Watzlawick*
739. Au-delà du principe de plaisir, *par Sigmund Freud*
740. Psychologie de masse et analyse du Moi, *par Sigmund Freud*

741. Lacan, envers et contre tout, *par Élisabeth Roudinesco*
742. Les Structures sociales de l'économie, *par Pierre Bourdieu*
743. La Double Absence, *par Abdelmalek Sayad*
744. Pourquoi l'amour fait mal, *par Eva Illouz*
745. Fin de l'Occident, naissance du monde *par Hervé Kempf*
746. Vers un nouvel ordre du monde *par Gérard Chaliand et Michel Jan*
747. Les Mots de l'histoire, *par Jacques Rancière*
748. À la recherche de l'école de Palo Alto *par Jean-Jacques Wittezaele et Teresa García-Rivera*
749. L'Art de l'insulte, *par Arthur Schopenhauer*
750. Mythe et religion en Grèce ancienne *par Jean-Pierre Vernant*
751. L'Art ou la Vie !, *par Tzvetan Todorov*
752. Sur l'État, *par Pierre Bourdieu*
753. La Force de l'ordre, *par Didier Fassin*
754. Tolstoï, *par Christiane Rancé*
755. Petit traité de l'abandon, *par Alexandre Jollien*
756. Nourrir sa vie à l'écart du bonheur *par François Jullien*
757. Stratégie de la thérapie brève *par Paul Watzlawick et Giorgio Nardone*
758. La Dictature, *par Carl Schmitt*
759. Petite Métaphysique des tsunamis *par Jean-Pierre Dupuy*
760. Penser/Classer, *par Georges Perec*
761 Les Sept Savoirs nécessaires à l'éducation du futur *par Edgar Morin*
762 La Fin des sociétés, *par Alain Touraine*
763 L'Échec de l'islam politique, *par Olivier Roy*
764 Mozart, *par Norbert Elias*
765 La Guerre civile, *par Giorgio Agamben*
766 Cioran, *par Stéphane Barsacq*
767 Les Banlieues de l'islam, *par Gilles Kepel*
768 Sortir de la malédiction, *par Abdelwahab Meddeb*
769. Les animaux aussi ont des droits, *par Boris Cyrulnik, Elisabeth de Fontenay et Peter Singer*
770. Le Savant et le Populaire, *par Claude Grignon et Jean-Claude Passeron*

771. Comment Woody Allen peut changer votre vie *par Eric Vartzbed*
772. La Musique et l'Ineffable, *par Vladimir Jankélévitch*
773. Les Termes clés de l'analyse du théâtre *par Anne Ubersfeld*
774. Les Sociétés et leur école, *par François Dubet, Marie Duru-Bellat et Antoine Vérétout*
775. Le Moi et le Ça, *par Sigmund Freud*
776. La Société des affects, *par Frédéric Lordon*
777. La Vie au guichet, *par Vincent Dubois*
778. Les Rebelles, *par Jean Ziegler*
779. Main basse sur l'Afrique, *par Jean Ziegler*
780. Le Pouvoir africain, *par Jean Ziegler*
781. La Victoire des vaincus, *par Jean Ziegler*
782. Une Suisse au-dessus de tout soupçon *par Jean Ziegler*
783. Le Mystère français, *par Emmanuel Todd et Hervé Le Bras*
784. Courts voyages au pays du peuple *par Jacques Rancière*
785. Sollers écrivain, *par Roland Barthes*
786. La Traversée des frontières, *par Jean-Pierre Vernant*
787. L'Apathie libérale avancée, *par François Châtelet*
788. L'Encre de la mélancolie, *par Jean Starobinski*
789. La Deuxième gauche, *par Hervé Hamon, Patrick Rotman*
790. Le Mythe de l'islamisation, *par Raphaël Liogier*
791. Self islam, *par Abdennour Bidar*
792. Le Moïse de Michel-Ange, *par Sigmund Freud*
793. L'Odeur du si bémol, *par Oliver Sacks*
794. Sociologie de l'expérience, *par François Dubet*
795. Sociologie d'une crise religieuse, *par Emmanuel Todd*
796. Puisque tout est en voie de destruction *par Fabrice Hadjadj*
797. Les Moments et leurs hommes, *par Erving Goffman*
798. Pari de civilisation, *par Abdelwahab Meddeb*
799. Procès ou Création, *par François Jullien*
800. Vivre sans pourquoi, *par Alexandre Jollien*
801. Retour sur la question juive, *par Élisabeth Roudinesco*
802. La Seconde Main, *par Antoine Compagnon*
803. La Faillite de la pensée managériale *par François Dupuy*